www.ingramcontent.com/pod-product-compliance
Lightning Source LLC
LaVergne TN
LVHW050945051026
849532LV00005B/1705
9789358720402

نیلا ہیرا

(بچوں کی کہانیاں اور ڈرامے)

مصنف:

ڈاکٹر مظفر حنفی

Neela Heera *(Kids stories)*
by: Muzaffar Hanfi
Edition: May '2023
Publisher & Printer:
Taemeer Publications, Hyderabad.

ISBN 978-93-5872-040-2

کتاب	:	**نیلا ہیرا**
مصنف	:	**مظفر حنفی**
صنف	:	ادب اطفال
ناشر	:	تعمیر پبلی کیشنز (حیدرآباد، انڈیا)
زیر اہتمام	:	تعمیر ویب ڈیولپمنٹ، حیدرآباد
سالِ اشاعت	:	۲۰۲۳ء
تعداد	:	(پرنٹ آن ڈیمانڈ)
طابع	:	تعمیر پبلی کیشنز، حیدرآباد - ۲۴
صفحات	:	۸۶
سرورق ڈیزائن	:	تعمیر ویب ڈیزائن

پرویز، سہیل، فضیل، عرفان

اور

صبا تسنیم کے نام

ستارے توڑنے کی میری خواہش تم سے پوری ہو
دعا ہے میرے قد سے تم سبھی اونچے نکل جاؤ

مظفر حنفی

پیش لفظ

بچّو!

یہ کہانیاں ہم نے اس وقت لکھی تھیں جب ہماری عمر بھی تقریباً آپ لوگوں کے جتنی تھی۔ ان کہانیوں میں زیادہ ردّ و بدل اس خیال سے نہیں کی گئی کہ اس طرح بناوٹ آجاتی، موجودہ صورت میں یہ کہانیاں آپ کے ہی جذبات اور احساسات کا آئینہ ہیں۔

ان کہانیوں کے نٹ کھٹ اور چنچل کردار بھی آپ ہی کی طرح ذہین ہیں، شوخ ہیں، نیک ہیں اور باہمت ہیں۔ یقین ہے یہ آپ کے لیے اجنبی نہ ہوں گے۔ خدا کرے ان کے کارناموں سے لطف اندوز ہونے کے ساتھ ساتھ آپ کام کی نئی باتیں اور زندگی سنوارنے کا تازہ حوصلہ بھی حاصل کریں۔

مظفر حنفی

فہرست

دوستی جاگتی ہے

"نیاز!" ماسٹر صاحب گرجے۔

"جی ———!" لرزتی ہوئی آواز میں جواب ملا۔

"اِدھر آؤ! ——— نہیں سُنا کیا ——— ؟ ——— میرے پاس آؤ!"

وہ کانپتا ہوا میز کے سامنے جا کھڑا ہوا۔

"تم نے ساجد کو پتھر مارا تھا ———"؟

اس نے بلیک بورڈ کے پاس کھڑے ہوئے ساجد کی طرف دیکھا، جس کی پیشانی پر سے بہتی ہوئی خون کی پتلی سی لکیر گالوں پر آ کر جم گئی تھی۔

"جی ——— جی ہاں مارا تو تھا ——— !"

اس نے سر جھکا کر اقرار کیا۔

"کیوں ———"؟ آواز میں اتنا رعب تھا کہ پوری کلاس اُچھل پڑی۔

"یہ میری گیند نہیں دیتا ——؟" نیاز نے گھبرا کر جلدی سے جواب دیا۔
"تمھاری گیند کہاں سے آئی" —— ساجد نے بات کاٹی "حوض میں کود کر تو میں نے نکالی تھی"۔
"یہ بھی خوب رہی ——" نیاز نے دلیل پیش کی ——
"گیند حوض میں پڑی ہوئی تو میں نے دیکھی تھی، اور میں نے ہی تمھیں بتایا تھا کہ میں تیرنا نہیں جانتا —— حوض سے گیند نکال کر مجھے دے دو"!
اور پھر ان دونوں میں ماسٹر صاحب کے سامنے ہی بحث ہونے لگی ماسٹر صاحب نے اپنی چھڑی زور سے میز پر ماری۔ لڑکے سہم گئے۔
انھوں نے چھڑی سے نیاز کو کونچتے ہوئے پوچھا ——
"میں صرف تم سے اتنا پوچھنا چاہتا ہوں کہ تم نے اسے پتھر کیوں مارا ——؟"
نیاز کی آنکھوں میں آنسو آ گئے —— ماسٹر صاحب تو صاف ساجد کی حمایت کر رہے تھے —— اس نے آستین چڑھا کر کلائی پر بنا ہوا دانتوں کا نشان اُنھیں دکھایا۔ جس میں خون کی سُرخی اب تک جھلک رہی تھی،
"یہ دیکھیے —— اس نے مجھے کاٹ کھایا اور پھر گیند لے کر بھاگا جا رہا تھا، اس لیے میں نے بھی ——"
ماسٹر صاحب نے خوفناک نگاہوں سے ساجد کی طرف دیکھا! اور پھر ایک دم اس پر پل پڑے۔ "کیوں تم نے بھی تو اسے کاٹا تھا —— مجھ سے کہتے تھے کہ نیاز نے بے قصور مجھے پتھر مارا —— اور پھر تم حوض میں کیوں کودے تھے؟ —— ایں؟

——— کل کوئی بات ہو جائے تو تمھارے والدین یہی کہیں گے نا — کہ ماسٹروں نے نگرانی نہیں کی ——— اور پھر اتنی زور سے کاٹا ہے کہ گوشت تک نکل آیا ہے — کمبخت ——— نالائق ——— پاجی ——— گدھے"!

وہ اسے مارتے مارتے ہانپنے لگے ——— آنکھیں لال ہو گئیں ——— نتھنے اور ہونٹ پھڑکنے لگے ——— اور مونچھیں — ؟ وہ تو اتنی زور زور سے اوپر نیچے ہل رہی تھیں جیسے کوئی مورچھل ہلا رہا ہو۔ ساجد بالکل بے دم ہو گیا ——— آخر جب ماسٹر صاحب مارتے مارتے تھک گئے تو بولے ———

"لاؤ گیند کہاں ہے —"؟

ساجد نے روتے ہوئے نیکر کی جیب سے گیند نکال کر میز پر ڈال دی، وہ لڑھکتی ہوئی دوسری طرف زمین پر جا گری اور اچھلنے لگی — ساجد کو ایسا معلوم ہوا جیسے گیند اس کی مرمت پر خوشی سے اچھل رہی ہو۔ وہ منہ بسورنے لگا ——— نیاز گیند اٹھانے کے لیے جھکا تو ماسٹر صاحب حلق کے بل چیخ کر بولے ———

"کیا یہ گیند تمھاری ہے"؟

"جی ہاں! میں نے اسے حوض میں پڑے ہوئے دیکھا تھا۔"

"حوض میں پڑے ہوئے دیکھا تھا ———" ماسٹر صاحب نے الفاظ چباتے ہوئے کہا ——— "تو پھر وہ تمھاری کیسے ہو گئی — ؟ این ——— ؟ باغ میں بنچ پڑی ہو تو وہ بھی تمھاری ہے ——— میری میز پر یہ کتاب پڑی ہے۔ اس لیے یہ بھی تمھاری ہے ———

کیوں کہ تم نے اسے دیکھا ہے —— کیوں ہے نا —"؟
اور پھر انھوں نے نیاز کو اس طرح اُچک اُچک کر اور چیخ چیخ کر چھڑی، چپت اور گھونسوں سے پیٹنا شروع کر دیا کہ شور و غل اور رونے دھونے کی آواز سے بس ایسا معلوم ہوتا تھا جیسے تیسری جنگ عظیم اس کلاس میں ہی چھڑ گئی ہو ——

دل کے ارمان پورے کر لینے کے بعد اور اپنی عینک کے موٹے موٹے شیشوں کے پیچھے سے آنکھیں جھپکتے ہوئے ماسٹر صاحب کرسی پر دراز ہو کر لمبی لمبی سانسیں بھرنے لگے دونوں لڑکے جو اس لڑائی سے پہلے گہرے دوست تھے، سسکیاں لیتے ہوئے اپنی جگہوں پر جا کر بیٹھ گئے اور آنکھیں ملنے لگے، گیند جو اس جھگڑے کی اصل بنیاد تھی — اسٹور روم میں جمع کر دی گئی۔

بات بالکل معمولی تھی لیکن اتنی معمولی سی بات نے دونوں دوستوں کے دلوں میں دشمنی کا بیج بو دیا —— نیاز کو بالکل یاد نہ رہا کہ ساجد نے پچھلے امتحان کی تیاری میں کتنی مدد کی تھی ورنہ وہ فیل ہو گیا ہوتا — اُسے یہ بھی یاد نہ رہا کہ وہ دونوں پچھلے چار سال سے لنگوٹیے یار رہے ہیں —— اور ہر معاملے میں انھوں نے ایک دوسرے کا ساتھ دیا ہے اس کو بس اتنا ہی یاد رہا کہ گیند جس پر اس حق تھا ساجد کی وجہ سے اسے نہ مل سکی —— اور گیند کے بجائے، صرف ساجد کی خود غرضی کی وجہ سے، اسے اتنی مار کھانی پڑی —— اس نے ڈبڈبائی ہوئی آنکھوں سے اپنی رانوں پر پڑی ہوئی بدھیوں کو دیکھا۔ پھر قمیض اُٹھا کر اس نے ان نیلے داغوں

پر ہاتھ پھیرا جو ماسٹر صاحب کی بے رحم چھڑی نے ڈال دیے تھے۔ اور دانت پیستے ہوئے اس نے دل میں ٹھان لی کہ وہ ساجد سے اتنا سخت بدلہ لے گا ـــ کہ ـــ کہ ـــ

"کشمیر ہمارے دیس کے شمال میں ایک بہت خوب صورت خطہ ہے ـــ" جغرافیہ کے ماسٹر صاحب کی آواز نے اس کے خیالات کا سلسلہ توڑ دیا اور وہ سیاہ تختے پر لٹکے ہوئے نقشے پر کشمیر دیکھنے لگا۔

اور ادھر ساجد اپنے دل میں سوچ رہا تھا ـــ "دیکھا اس دغا باز نیاز کو! کیا ذرا سی گیند پر لڑ بیٹھا ـــ صرف دیکھ لینے سے ہی گیند اس کی ہوگئی ـــ اور میں جو اپنی جان جوکھوں میں ڈال کر گہرے حوض سے اسے نکال کر لایا، وہ کچھ بھی نہیں ـــ اچھا انصاف ہے ـــ اور پھر مجھے پتھر بھی کھینچ مارا۔ اور ماسٹر صاحب نے اُلٹا مجھے ہی پیٹا ـــ باتیں کیسی میٹھی میٹھی کرتا تھا، جیسے مجھے اپنے بھائی سے بھی زیادہ چاہتا ہو۔ اس دن وہ پانچ آنے والی شیشے کی دوات اس نے مجھے دی تھی، یا اس نے مجھے موٹے بلبیر کے ہاتھ سے پٹنے سے بچا لیا تھا تو کیا ہوا ـــ؟ میں نے بھی تو اپنا بارہ آنے والا فاؤنٹین پین اسے دے دیا تھا اور امتحان کی پوری تیاری کرائی تھی ـــ نہیں تو بچہ جی اس وقت چھٹی کلاس میں رگڑ رہے ہوتے ـــ سچ کہتے ہیں لوگ ـــ نیکی کا زمانہ نہیں آج کل ـــ کتنا احسان فراموش ہے۔ یہ خود غرض ـــ ایک سڑی سی گیند کے پیچھے لڑ بیٹھا کے

میں نے بھی ایسا کاٹا ہے کہ یاد کریں گے بیٹا ——— لیکن یہ پتھر ——— اُف سر پھٹا جا رہا ہے ـــ اچھا بیٹا سمجھ لوں گا "!

ٹن ——— ٹن ——— ٹن ——— ٹنن ٹنن ٹنن ——— ٹن ! ———

اسکول کی گھنٹی نے چھٹی کا اعلان کیا ـــ وہ انھیں خیالوں میں ڈوبا ہوا گھر کی طرف روانہ ہو گیا ——— راستے بھر وہ اسی قسم کی باتیں سوچتا رہا ———

"اب میں اسی طرح ذرا ذرا سی باتوں پر ماسٹر صاحب سے نیاز کی شکایت کیا کروں گا ——— کل ہی اس کی وہ مٹکا سی بدصورت دوات لاکر ٹیک دوں گا اس کے منہ پر اور کہوں گا لاؤ میرا نیا قلم ——— اب کمبخت اگر امتحان میں فیل بھی ہو رہا ہوگا تو ایک سوال نہ بتاؤں ——— ہونہو! گیند میری ہے ——— اس کے باپ کی ہے گیند!"

اسی وقت زور کا ایک دھکا لگا اور وہ منہ کے بل زمین پر آ رہا ——— نیاز اس کے اوپر تھا!

پوں پوں کرتی ہوئی بس ان کے پاس سے نکل گئی!!

نیاز نے دھکا دے کر اسے کچلنے سے بال بال بچا لیا تھا۔

ساجد منہ سے بہتے ہوئے خون کو پونچھتا ہوا اٹھا ——— نیاز سے اٹھا نہ جا رہا تھا۔ اس کے پیر میں موچ آ گئی تھی ——— ساجد تھوڑی دیر تک گردن جھکائے ہوئے کچھ سوچتا رہا اور پھر نیاز کا ہاتھ نرمی سے پکڑ کر اٹھاتا ہوا بولا

"تم نے میری جان بچائی بھیا! بہت بہت شکریہ ———

آؤ تمھیں گھر پہنچا دوں!" اور وہ دونوں ایک دوسرے کے گلے میں ہاتھ ڈال کر جھوم جھوم کر چلنے لگے۔

اوپری زخموں نے دل کے زخم بھر دیے تھے!

بدلہ

وہ دونوں ایک ہی کلاس میں پڑھتے تھے اور بیٹھتے بھی پاس پاس تھے۔ لیکن وہ محبت جو ہم جماعتوں کو ایک دوسرے سے ہوتی ہے ان میں بالکل نہ تھی۔ نہ جانے سلطان کو محمود سے اتنی نفرت کیوں تھی۔ جب بھی وہ محمود کو دیکھتا اپنے ہونٹ پچکا کر تھوک دیتا تھا وہ تو اس کے پاس بیٹھنا بھی نہ چاہتا تھا۔ لیکن ماسٹر صاحب پر کس کا بس چلتا۔ جنھوں نے ہر طالب علم کی ایک سیٹ مقرر کر دی تھی۔ اور سلطان کو بالکل محمود کے پاس ہی جگہ ملی تھی۔ جب بھی وہ آکر اپنی سیٹ پر بیٹھتا اسے محمود پر اتنا غصہ آتا کہ بے اختیار اس کا جی چاہنے لگتا کہ کان پکڑ کر اسے کلاس سے باہر کر دے وہ سوچتا نہ جانے ان نیچ لوگوں کے بچوں کو پڑھنے کی کیا ضرورت ہے؟! جب ان کے پاس اسکول میں پہن کر آنے کے لیے اچھے کپڑے نہیں ہیں۔ یہ باٹا چپل کے علاوہ جانتے ہی نہیں کہ اچھے جوتے

کیسے ہوتے ہیں۔ انھیں سرسوں کے تیل کے علاوہ سر میں لگانے کے لیے اور کوئی تیل ہی نہیں ملتا۔ تو پھر یہ اسکول آتے ہی کیوں ہیں؟" اس کا دماغ سرسوں کے تیل کی بُو سے بھنا اٹھتا۔ وہ محمود کو دھکا دیتا ہوا اٹھتا اور کھڑکی سے منہ نکال کر بڑی زور سے تھوک دیتا۔

محمود میں اس کے علاوہ اور کوئی بُرائی نہ تھی۔ کہ وہ اتنا امیر نہ تھا جتنا سلطان تھا۔ بے شک اس کے کپڑے پھٹے ہوتے تھے اور ان میں کئی کئی پیوند لگے ہوتے تھے لیکن کسی موقع پر بھی اس کے کپڑے میلے نہیں دیکھے گئے۔ کلاس میں وہ اگر سب سے زیادہ تیز نہ تھا تو اتنا کمزور بھی نہ تھا کہ بدھو لڑکوں میں شمار کیا جاتا۔ ماسٹر صاحب جو کام گھر پر کرنے کے لیے دیتے تھے۔ وہ باقاعدہ کرکے لاتا تھا۔ ہاں یہ دوسری بات ہے کہ اس کا بستہ اور کاپیاں صاف ستھری ہونے کے باوجود اتنی قیمتی نہ تھیں جتنی سلطان کی تھیں۔

ایک بار محمود باٹا چپلوں پر موزے پہن کر اسکول آیا تھا۔ یہ موزے اس کے مرحوم باپ کے تھے۔ چوہوں نے ان موزوں کو کتر کتر کر چھلنی کر ڈالا تھا۔ پھر بھی وہ تھے موزے ہی، محمود اپنی خواہش کو نہ روک سکا، اور انھیں پہن کر اسکول چلا ہی آیا۔ اس دن سلطان نے دوپہر کی چھٹی میں سب لوگوں کے سامنے اسے اتنا شرمندہ کیا کہ وہ رو پڑا اور پھر سب نے مل کر اُسے خوب بدّھو بنایا اس دن سے سلطان بات بات پر اُسے بدھو کہنے لگا۔

ایک دن کھیل کے گھنٹے میں ہاکی کا میچ ہو رہا تھا محمود اور سلطان ایک دوسرے کے خلاف کھیل رہے تھے۔ اتفاق ہی

کہیے ورنہ محمود ہاکی کا کوئی اچھا کھلاڑی تو نہ تھا، محمود کے ہاتھ سے سلطان کی ٹیم پر دو گول ہو گئے۔ اور پھر جب کھیل ختم ہونے کے بعد محمود اپنی ٹیم کے ساتھ اُچھل اُچھل کر ہِپ ہِپ ہُرے کے فلک شگاف نعرے لگا رہا تھا سلطان نے موقع پاکر اپنی ہاکی اس کی ٹانگوں میں اڑا کر ایسا جھٹکا دیا کہ محمود منہ کے بل گر پڑا۔ اور اس پر طرہ یہ کہ اس نے چلّا کر سب لوگوں سے کہا:

"حضرات ذرا ادھر دیکھیے۔ محمود صاحب جیت کی خوشی میں زمین پر لیٹے ہوئے ہیں"

اور سب لڑکے کھلکھلا کر ہنس پڑے۔ اس دن محمود خون کے گھونٹ پی کر رہ گیا۔

لیکن آج اسے موقع ملا ہے سلطان کی ہنسی اُڑانے کا۔ سلطان کو رام کشن کا فاؤنٹین پن چُرانے کے الزام میں ہیڈ ماسٹر صاحب کے سامنے پیش کیا گیا ہے۔ وہ اپنے دل میں سوچ رہا ہے کہ جب سلطان ہیڈ ماسٹر صاحب کے کمرے سے پلٹ کر کلاس میں آئے گا تو وہ گن گن کے بدلے لے گا۔ یہی تو وہ سلطان ہے جس نے موزے کے بارے میں اسے پوری کلاس کے سامنے شرمندہ کیا تھا۔ یہ وہی سلطان تو ہے جس نے اس دن گراؤنڈ میں اسے گرایا تھا اور پھر اس کا مذاق اڑایا تھا۔ وہ دعا مانگ رہا تھا کہ سلطان کو خوب کڑی سزا ملے۔ پوری کلاس دم بخود بیٹھی سلطان کی واپسی کا انتظار کر رہی تھی۔ یکا یک ایک چپراسی آکر کہنے لگا "محمود حسن کو ہیڈ ماسٹر صاحب بلا رہے ہیں" سب لڑکے چونک پڑے اور وہ جب چپراسی کے

ساتھ جا رہا تھا تو اس نے سُنا کوئی لڑکا کہہ رہا تھا:

"ان حضرت کی بھی کوئی کارستانی دکھائی دیتی ہے۔"

جب وہ ہیڈ ماسٹر صاحب کے کمرے میں پہنچا تو اس نے دیکھا کہ سلطان آنکھوں میں آنسو بھرے ہیڈ ماسٹر صاحب کے سامنے کھڑا تھا۔ جیسے ہی محمود کمرے میں داخل ہوا۔ سلطان نے اس کی طرف اشارہ کرکے کہا:

"جی ہاں ماسٹر صاحب اسی نے یہ قلم میرے بستے میں رکھا تھا پوچھ لیجیے" محمود کا دل دھک سے رہ گیا۔ ہیڈ ماسٹر صاحب کی نظریں اس پر گڑی ہوئی تھیں "کیوں محمود! کیا یہ قلم تم نے سلطان کے بستے میں رکھا تھا" انھوں نے سوال کیا۔

نہ جانے کیوں اس وقت محمود کو سلطان کے تچھلے برتاو یاد نہیں آئے۔ اس کو اس وقت بس یہی یاد آیا کہ سلطان کبھی اتنا شرمندہ نہیں ہوا اسے کبھی سزا نہیں ملی۔ وہ بڑا غیور لڑکا ہے۔ اگر اسے سزا ملی تو وہ بہت ہی رنجیدہ ہوگا۔ شاید وہ پڑھنا چھوڑ دے۔ "جلدی جواب دو جی۔ کیا سوچ رہے" ہیڈ ماسٹر صاحب گرجے اور بے اختیار اس کے منہ سے نکل پڑا "جی ہاں۔ میں نے ہی رکھا تھا۔ یہ مجھے بہت شرمندہ کیا کرتے تھے۔ اس لیے میں نے بدلہ لینے کے لیے قلم ان کے بستے میں رکھ دیا تھا" ہیڈ ماسٹر صاحب نے محمود کو ایک گھنٹہ تک بنچ پر کھڑے رہنے کی سزا دی۔ اور وہ فخر سے اپنا سر اونچا کیے ہوئے پچھلی بنچ پر کھڑا رہا۔ جب کہ سلطان اپنی جگہ سر نیچا کیے ہوئے بیٹھا سوچ رہا تھا کہ محمود نے اسے بچانے کے لیے الزام اپنے سر پر لے کر اس سے کتنا شریفانہ بدلہ لیا ہے۔

تاج کی دُرگت

(ڈراما)

کام کرنے والے

لڑکا

لڑکی

بادشاہ

نجومی

سنتری۔ مصاحب۔ خادم۔ اجنبی اور بہت سے دوسرے

پہلا سین ——— وقت شام

(شاہی محل کے پھاٹک پر دو سنتری پہرہ دیتے ہوئے باتیں کر رہے ہیں)

پہلا سنتری: "آج گرمی کتنی سخت پڑ رہی ہے۔"

دوسرا سنتری: "ہاں جی چاہتا ہے ندی میں جاکر خوب تیریں"
پہلا سنتری: "بادشاہ سلامت تو اپنے ٹھنڈے کمرے میں آرام کر رہے ہوں گے؟"
دوسرا سنتری: "تمھیں بادشاہ سے کیا مطلب چپ چاپ پہرہ دیے جاؤ"
(ایک اجنبی آکر پھاٹک کو دیکھتے ہوئے ٹہلنے لگتا ہے)
دونوں سنتری: (اپنی سنگین اجنبی کی طرف تان کر) "اے: ہٹو یہاں سے"
اجنبی: "کیوں۔؟"
سنتری: "شاہی پھاٹک کو چھونا موت کو دعوت دینا ہے"
اجنبی: (جاتے ہوئے) "تب تو یہ خوب صورت پھاٹک بڑا خطرناک ہے"
(اجنبی کے جانے کے بعد دو کمسن بچے ہاتھ میں ہاتھ دیے ہوئے آتے ہیں ایک لڑکی ہے دوسرا لڑکا)
لڑکا: (سنتری سے) "مجھے بادشاہ سلامت سے ملنا ہے۔ اُن سے ایک پہیا مانگوں گا" (پھاٹک کھولنے کی کوشش کرتا ہے۔
لڑکی سے: "یہ تو نہیں کھلتا"
سنتری سے: "اگر میں پھاٹک ہی سے پہیا مانگوں تو کیا یہ نہ دے گا؟"
سنتری: (مسکرا کر) "مانگ کر دیکھو"
(مڑ کر دوسرے سنتری سے باتوں میں مشغول ہو جاتا ہے)

لڑکا: (پھاٹک سے) "شاہی پھاٹک مجھے پہیا دو۔ میرا پہیا لڑھک کر ندی میں چلا گیا ہے۔"

لڑکی: (سنتری کی طرف اشارہ کر کے)

"دیکھو میرے ابّا اس سے لمبے ہیں۔ تمھارے ابّا تو ٹھِنگنے ہیں۔"

لڑکا: "میرے ابّا جان تو لکھ بھی لیتے ہیں ———

انھوں نے مجھے لکھنا سکھایا ہے۔"

لڑکی: "لکھائی سے کون ڈرتا ہے۔ میرے ابا سے تو سب ڈرتے ہیں۔"

لڑکا: (انگوٹھی دکھا کر) "دیکھو یہ سونے کی انگوٹھی مجھے کل ندی میں ملی تھی۔"

لڑکی: "مجھے بھی ایک گیت یاد ہے۔ یہ مجھے اپنے دماغ میں ملا تھا"

لڑکا: "مجھے بھی سُناؤ نا اپنا گیت!"

لڑکی: "میں نے دیکھی اودی چڑیا
پنجرے سے اُڑ کر گئی
اُڑتے اُڑتے بڑی دُور تک
اوپر ہی اوپر گئی"

لڑکا: "پھر وہاں سے گر کر مر گئی!

لڑکی: "واہ! مری کہاں؟"

لڑکا: "اری پگلی! کہیں چڑیاں اودی بھی ہوتی ہیں۔"

لڑکی: "میری چڑیا اودی ہی تھی۔ کیا تمھیں میرا گیت پسند نہیں؟" (رونے لگتی ہے)

لڑکا: (بہلاتے ہوئے) "ارے بھئی روتی کیوں ہے۔؟ تیرا گیت تو بہت ہی اچھا ہے۔ دیکھ میں اپنی سونے کی انگوٹھی سے اسے پھاٹک پر لکھے دیتا ہوں۔"

(لڑکا پھاٹک پر سونے کی انگوٹھی سے وہی گیت لکھتا ہے پھر دونوں چلے جاتے ہیں)

پردہ گرتا ہے

دوسرا سین ——— وقت تھوڑی دیر بعد

(دونوں سنتری شاہی پھاٹک پر پہرہ دیتے ہوئے باتوں میں مشغول ہیں)

آواز: (پھاٹک کے اندر سے) "باادب باملاحظہ ہوشیار۔ شہنشاہ اعظم، ظل اللہ، جہاں پناہ، عالی جاہ، سلطان صاحب قران برائے تفریح باہر تشریف لاتے ہیں۔ نگاہ رُوبرُو۔ ہوشیار۔ خبردار!"

(پھاٹک کھُلتا ہے۔ سنتری بندوق سے سلامی دیتے ہیں۔ بادشاہ مصاحبوں اور خادموں سمیت باہر نکلتا ہے)

بادشاہ: (پھاٹک کی طرف دیکھ کر) "یہ اس پر سُنہری حروف میں کیا لکھا ہے؟"

ایک مصاحب: (قریب جاکر پڑھتے ہوئے) "میں نے دیکھی اودی چڑیا پنجرے سے اڑ کر گئی۔ اُڑتے اڑتے بڑی دُور تک اوپر ہی اوپر گئی پھر وہاں سے گر کر مر گئی۔"

بادشاہ: (چونک کر) "ارے یہ تو دھمکی معلوم ہوتی ہے۔"

(سنتری سے)

"کیوں یہاں کون آیا تھا؟"
سنتری: "صرف ایک اجنبی آیا تھا۔"
بادشاہ: "کیا اُس نے پھاٹک کو چھُوا تھا؟"
سنتری: "جی نہیں عالم پناہ۔"
بادشاہ (بڑبڑاتے ہوئے) "پھاٹک کو کسی نے چھُوا نہیں پھر بھی اُس پر ایک دھمکی سنہرے حروف میں لکھی ہوئی ہے جس کا مطلب صاف یہی ہے کہ میں نے اپنے ملک کے علاوہ اور دوسرے ممالک بھی فتح کر لیے ہیں اور بہت ترقی کر گیا ہوں۔ اس لیے میں بھی اس چڑیا کی طرح مر جاؤں گا۔ (کچھ سوچتا ہے) "کہیں یہ دیوتاؤں کا کام تو نہیں ہے؟" (مصاحب سے)
"شاہی نجومی کو حاضر کرو۔"
مصاحب: (خادم سے) "شاہی نجومی کو بلاؤ"
(خادم جاتا ہے۔ بادشاہ ٹہلتا رہتا ہے۔ تھوڑی دیر بعد نجومی آتا ہے)
بادشاہ: (نجومی سے) "دیکھو! اِس پھاٹک پر لکھے ہوئے گیت سے کیا ظاہر ہوتا ہے؟"
(نجومی پھاٹک کے پاس جا کر گیت پڑھتا ہے۔ اُسے چُومتا ہے اور جیب سے سیاہ رومال نکال کر سر پر باندھ لیتا ہے)۔
بادشاہ: (گھبرا کر) "کیوں! کچھ پتا چلا؟"
نجومی: "خدا خیر کرے۔ دیوتا آپ سے سخت ناراض ہیں۔"
بادشاہ: "میری رعایا تو مجھ سے ہر طرح خوش ہے۔"

نجومی: "لیکن دیوتا آپ کے گھمنڈ سے ناراض ہوکر سب کچھ تباہ کرنے والے ہیں"

بادشاہ: (کانپ کر) "پھر انھیں راضی کرنے کی ترکیب؟"

نجومی: آپ کے گھمنڈ کی قربانی، آپ کا تاج ہے۔ اُسے آج رات لو پھاٹک کے سامنے رکھوا کر پہرا ہٹوا دیجیے۔ اور رات بھر عبادت کیجیے۔ اگر دیوتا راضی ہو گئے تو تاج لے جائیں گے۔ ورنہ پھر سب کچھ ستیاناس ہو جائے گا"

بادشاہ: (مصاحب سے) "یہ جو کہتے ہیں اس کی تعمیل کی جائے"

پردہ گرتا ہے

تیسرا سین سورج نکلنے سے پہلے

(کل والا لڑکا ہاتھ میں پہیا لڑھکانے والا دستہ لیے ہوئے پھاٹک کے سامنے آتا ہے)

لڑکا: "شاہی پھاٹک! کل تو میں تم سے پہیا لینا بھول ہی گیا تھا۔ لاؤ جلدی سے مجھے پہیا دے دو۔ صبح کا اسکول ہے مجھے دیر ہو رہی ہے" (کچھ ٹھہر کر) "کہیں تم اس لیے ناراض تو نہیں کہ میں نے اس لڑکی کے بہلانے کو تمھارے اوپر وہ واہیات سا گیت لکھ دیا تھا" (مٹا کر) "لو اب تو وہ گیت بھی مٹا دیا۔ لاؤ اب پہیا دے دو" (تاج کو دیکھتا ہے) "واہ رے میرے اچھے پھاٹک تم نے تو پہلے ہی کتنا اچھا پہیا رکھ چھوڑا ہے۔ شکریہ"

(دستے سے تاج کو مار کر لڑھکاتا ہوا لے جاتا ہے۔ پھاٹک

کھلتا ہے۔ بادشاہ نجومی سمیت باہر آتا ہے)

نجومی: "بادشاہ سلامت! خدا کا شکر ہے تاج کی قربانی قبول ہوئی۔ دیوتاؤں نے دھمکی واپس لے لی۔"

بادشاہ: (خوشی کے لہجے میں) "شکر ہے خداوندا تیرا لاکھ لاکھ شکر ہے۔"

پردہ گرتا ہے

نیلا ہیرا

ڈاکٹر طارق بڑے پیارے بوڑھے ہیں۔ جب کبھی موڈ میں ہوتے ہیں تو ہمیں بڑی دل چسپ کہانیاں سنایا کرتے ہیں۔ بوڑھے ہونے پر بھی ان کے سب دانت سلامت ہیں اور وہ ہمیشہ یا تو بسکٹ کھایا کرتے ہیں یا چاکلیٹ چبایا کرتے ہیں۔ کھاتے ہیں اور کہتے جاتے ہیں: ''واہ کتنا عمدہ بسکٹ ہے!'' ''بھئی مزا آگیا بڑا ہی نفیس چاکلیٹ ہے!'' لیکن کیا مجال جو وہ کبھی یہ کہیں: ''لو ذرا تم بھی چکھ کر دیکھو'' چاہے ہمارے منہ میں پانی بھر آئے یا رال ہی کیوں نہ ٹپکنے لگے۔ لیکن اس کا یہ مطلب نہیں کہ ہم نے کبھی اُن کے بسکٹ اور چاکلیٹ کھائے ہی نہیں۔ جب ڈاکٹر طارق لائبریری میں ہوتے ہیں ہم اُن کے چھوٹے سے خوشنما بنگلے میں گھس جاتے ہیں اور پھر اُس دن اُن کے سب پیکٹ خالی ہو جاتے ہیں۔ یہ دوسری بات ہے کہ بعد میں انھیں بتا دیتے ہیں۔

ایک ایسے ہی دن کا واقعہ ہے۔ ہم لوگ اُن کے کمرے میں گھسے ہوئے بسکٹوں اور چاکلیٹوں پر ہاتھ صاف کر رہے تھے۔ وقت کا کچھ خیال نہ رہا۔ وہ لائبریری سے واپس آ گئے اور ہم پکڑے گئے

"ارے تمھاری نانی مرے" ڈاکٹر کمرے میں داخل ہوتے ہوئے بولے "یہ تم لوگ ہو جو روز میرے ڈبّے خالی کر جایا کرتے ہو؟"

لیکن ہم بھی کوئی کچّی گولیاں نہ کھیلے تھے۔ کانچ کی پکی گولیاں کھیلے ہوئے تھے جھینپنے کے بجائے الٹا ہم سب انھیں پر بگڑ پڑے۔

"واہ ڈاکٹر صاحب ان تھوڑے سے بسکٹ اور چاکلیٹوں کے لیے آپ ہماری نانی کو کیوں کوسنے لگے؟"

"ارے بھئی تم لوگ تو بگڑ گئے" وہ ہمیں مناتے ہوئے بولے "میں نے تو تمھیں دُعا دی تھی!"

"بڑی عجیب دُعائیں دیا کرتے ہیں آپ بھی" ہم نے چوٹ کی

"تمھاری نانی مرے!" وہ ٹھٹھا مار کر ہنسے "یہ جو تم میری دولت، ساز و سامان، بنگلہ موٹر کار، بسکٹ اور چاکلیٹ وغیرہ دیکھتے ہو نا،" انھوں نے کہا "یہ سب اُسی ہیرے کو بیچ کر خریدی ہیں میں نے جو میری نانی میرے لیے چھوڑ کر مری تھیں"

"ہیرا!" ہم سب ایک ساتھ چیخے۔

"ہاں نیلا ہیرا! لیکن وہ کتنے عجیب طریقے سے مجھے ملا۔ یہ یہ ایک بڑا دلچسپ قصہ ہے" ڈاکٹر طارق بولے: "یہ اس زمانے کی بات ہے جب میں نے ڈاکٹری کی ڈگری لے کر پریکٹس شروع کی تھی ایک دن مجھے تار ملا کہ میری نانی کا انتقال ہو گیا ہے۔

میرے والدین کا سایہ بچپن ہی میں میرے سر سے اٹھ گیا تھا۔ میری ماں ہی میری نانی کی اکلوتی لڑکی تھیں۔ اس لیے میری نانی مجھے بہت چاہتی تھیں۔ میں بھی انھیں اپنی ماں جتنا ہی پیار کرتا تھا۔ اُن کی موت کی خبر سُن کر مجھ پر صدموں کا پہاڑ ٹوٹ پڑا۔ دواخانے میں تالا لگا کر میں پہلی گاڑی سے گانو روانہ ہو گیا۔ وہاں پہنچ کر مجھے معلوم ہوا کہ نانی اماں تمام پونجی میرے نام چھوڑ گئی ہیں۔ ان کے ذاتی نوکر صغیر نے ایک لفافہ میرے ہاتھ میں رکھ دیا: ''چھوٹے سرکار مالکن نے یہ لفافہ خاص آپ کے ہاتھ میں دینے کی ہدایت کی تھی۔'' میں نے لفافہ وہیں کھول ڈالا۔ لکھا تھا:۔

''میرے بچے! مجھے معلوم ہے کہ میری موت پر تمھیں دلی صدمہ ہوگا۔ لیکن قضا پر کس کا بس ہے میں اپنی تمام چیزیں تمھارے لیے چھوڑے جاتی ہوں۔ جائداد تو کچھ اتنی بڑی نہیں کہ تم خوش ہو سکو لیکن وہ نیلا ہیرا بہت ہی بیش قیمت ہے جو تمھارے نانا کو راجا پریم نگر کی جان بچانے کے صلے میں ملا تھا۔ حفاظت کے خیال سے وہ ہیرا میں نے چینی کتے کے پیٹ میں رکھ دیا ہے۔ جب ضرورت پڑے

اسے نکال کر کام میں لانا۔
تمھاری نانی

نانی کی مہربانی پر میرا دل بھر آیا۔ جب میں نے صغیر سے چینی کتے کے بارے میں دریافت کیا تو معلوم ہوا کہ پچھلے سال کسی چینی سے نانی نے ایک کتا خریدا تھا۔ میں سمجھ گیا کہ خط میں نانی نے اسی کتے کے بارے میں اشارہ کیا ہے۔ صغیر کو میں نے تاکید کر دی کہ اس کتے کا خاص طور پر خیال رکھے۔ لیکن دوسرے ہی دن مجھے معلوم ہوا کہ چینی کا کتا غائب ہے!

میرے ہاتھوں کے توتے اڑ گئے۔ صغیر کو بلا کر پوچھ تاچھ کی تو وہ قسمیں کھانے لگا اس کی باتوں سے مجھے شک کی بو آئی اور میں نے اسے پولیس کے حوالے کر دیا۔ مار کے آگے تو بھوت بھی بھاگتے ہیں جب اس پر پولیس کے بے بھاو کے جوتے پڑے تو اس نے سب کچھ قبول دیا۔ "یہ چینی کتے کا پٹا ہے" وہ بازو سے ایک تعویذ نما کپڑا کھول کر دیتے ہوئے بولا: "اور چینی کتا میری بہن کے گھر پر بندھا ہے"۔

میں نے پٹا وہیں ادھیڑ ڈالا اور اس میں سے جھلملاتا ہوا نیلا ہیرا نکل پڑا۔ لیکن نہیں! یہ تو نقلی تھا!! معمولی نیلے کانچ کا ایک ٹکڑا!!! اسی دن صغیر کی بہن کے یہاں سے کتا لا کر میں نے اس کا آپریشن کیا۔ لیکن اس کی ایک ایک رگ چیر کر دیکھنے پر بھی نیلا ہیرا نہ ملنا تھا نہ ملا۔ مجھے یقین ہو گیا کہ اصلی نیلا ہیرا صغیر نے کہیں چھپا کر نقلی ہیرا چینی کتے کے پیٹ میں رکھ دیا ہے مارے غصے کے میں

پاگل سا ہو گیا۔ صغیر پر مقدمہ چلا اور اسے تین سال کی قید ہو گئی۔
اس کے بعد بھی میں نیلے ہیرے کی تلاش کرتا رہا اُسے کھوج نکالنے کے لیے کئی نامور جاسوسوں کی خدمات حاصل کیں جنھوں نے صغیر کے رشتے داروں، دوستوں اور تمام ملنے والوں سے ہر ممکن طریقے پر سراغ حاصل کرنے کی کوشش کی۔ لیکن بے سود۔ سب تھک ہار کر بیٹھ رہے۔ نہ جانے نانی کے نیلے ہیرے کو زمین نگل گئی یا آسمان کھا گیا۔
اب میرے دن بڑے رنج میں کٹنے لگے میں نے وہیں نانی کے گھر میں پریکٹس شروع کر دی۔ حالاں کہ جایداد اور دواخانے کی آمدنی اتنی ہو جاتی تھی کہ میرے گزارے کو کافی ہوتی۔ پھر بھی نیلے ہیرے کو یاد کر کے میں اکثر کڑھا کرتا تھا۔ اسی طرح تین سال بیتے اور میں ہیرے کو قریب قریب بھول سا گیا تھا کہ صغیر نے اس کی یاد پھر تازہ کر دی۔ وہ اب جیل سے چھوٹ کر آ گیا تھا۔ ایک دن دواخانے میں آ کر وہ قسمیں کھانے لگا کہ اسے چینی کتے کے پیٹ سے صرف وہی نقلی ہیرا ملا تھا۔ میرے غصے کا ٹھکانا نہ رہا۔ میں نے اسے گھر سے نکل جانے کو کہا۔ لیکن جب وہ ”سرکار سچ کہتا ہوں مجھے وہی نقلی ہیرا ملا تھا“ کی رٹ لگائے رہا تو مجھ سے برداشت نہ ہو سکا۔ ”دور ہو جا میری نظروں سے او دغا باز کمینے“ میں چیخا اور جب وہ بوکھلا کر بھاگنے لگا تو میں نے ایک کرسی پھینک کر اس کے ماری۔ تب تک وہ کمرے سے باہر ہو گیا تھا۔ کرسی جا کر اس تختے پر لگی جس پر چینی مٹی کا ایک کھلونا رکھا تھا یہ فرش پر گر کر چھنا کے سے ٹوٹ گیا۔ اور جب میں کرسی

اٹھانے کے لیے وہاں گیا تو کیا تم میری حیرت اور خوشی کا اندازہ لگا سکتے ہو۔؟ چینی مٹی کے بنے ہوئے کتّے کے ٹوٹے ہوئے ٹکڑوں کے بیچ میں نیلا ہیرا پڑا جگمگا رہا تھا! ہاں وہی اصلی نیلا ہیرا!! جس کے لیے میں تین سال سے پریشان تھا!! اور اب میری آنکھیں کھُلیں۔ میں نانی کی عقل مندی کی داد دینے پر مجبور ہو گیا۔ جنھوں نے حفاظت کے خیال سے نقلی ہیرا چینی کتّے کے پٹّے میں اور اصلی ہیرا چینی مٹی کے کتّے کے پیٹ میں رکھا تھا" اور اتنا کہہ کر ڈاکٹر طارق چُپ ہو گئے "سہیل بھیا!"
اختر نے کہا "کتنا اچھا ہو اگر ہماری نانی بھی ایک نیلا ہیرا چھوڑ کر مر جائیں!"
"پھر اس سے کیا" سلیم نے بحث کی "اس کا وارث تو میں ہوں گا"
وہ دونوں لڑنے لگے۔ اور پھر عمر میں پہلی بار ڈاکٹر طارق نے انھیں سمجھانے کے لیے چاکلیٹ دیے۔

جھُنجھُنا

اُس دن میلے میں مدن نے لکڑی کا گھوڑا خریدا اور کسم نے ایک جھُنجھُنا دونوں بھائی بہن جب میلے سے لوٹ رہے تھے تو گھوڑا مدن پر سوار تھا۔ اور کسم پتاجی کی گود میں اپنا جھُنجھُنا بجا رہی تھی۔ اور مدن سوچ رہا تھا "بڑی غلطی ہوئی مجھ سے بے کار ہی خریدا میں نے یہ گھوڑا۔ اس پر سوار ہونا تو کجا۔ اُلٹا یہی مجھ پر سوار ہے"۔ اُس نے رشک سے کُسم کی طرف دیکھا۔ وہ مزے سے اپنا جھُنجھُنا بجا رہی تھی۔ اور اب مدن کو معلوم ہوا کہ پتاجی اگر اُسے بُدھو کہتے ہیں تو ٹھیک ہی کہتے ہیں۔ وہ واقعی بُدھو ہی ہے۔

اتفاق ہی کہیے۔ اچانک کسم کو مذاق کی سوجھی اور اس نے مدن کو پکارا "بدھو بھیا"، اور جیسے ہی مدن نے اس کی طرف دیکھا، اس نے منہ چڑا کر اپنا جھُنجھُنا بجا دیا۔ پانچ سال کی کُسم کی یہ شرارت دیکھ کر پتا جی اپنی ہنسی نہ روک سکے اور ماں بھی مسکرانے لگی۔ مدن کے تن بدن میں

آگ لگ گئی۔ وہ جھپٹا اور کسم کے ہاتھ سے جھنجھنا چھین کر خود بجانے لگا۔ کسم چیخ اٹھی۔ مدن مسکرا رہا تھا۔ کسم نے چیختے ہوئے پتاجی کی گود سے اُترنا چاہا۔ وہ ہاتھ پیر چلاتی ہوئی نیچے پھسلتی جا رہی تھی۔ پتاجی نے مدن کو ڈانٹتے ہوئے کہا: "دے دو اُس کا جھنجھنا۔ بدھو کہیں کے" اور انھوں نے جھنجھنا مدن کے ہاتھ سے چھین ہی تو لیا۔ کسم اب بھی سسکیاں لے رہی تھی۔ پتاجی اور ماں دونوں اسے پچکارنے لگے۔ "نہ رو میری بچی تو تو بڑی اچھی ہے" اور ماں نے مدن کی طرف اشارہ کیا" وہ تو بدھو ہے بدھو" اور مدن اپنی شکست پر تڑپ کر رہ گیا۔

گھر پہنچ کر مدن اپنے گھوڑے پر بیٹھ گیا۔ اپنی تنی ہوئی چھاتی دیکھ کر اُسے تاریخ کی کتاب میں چھپی ہوئی کسی بادشاہ کی تصویر یاد آ گئی اور وہ جھوم اٹھا۔ گھوڑے کو چابک لگا کر اور اپنے دونوں پانو ہلاتے ہوئے وہ گانے لگا "چل مرے چیتک۔ چل چل چل" آنگن میں کھڑی ہوئی کسم یہ سب کچھ دیکھ رہی تھی۔ مدن کی شاندار سواری دیکھ کر وہ اپنا جھنجھنا بجانا بھی بھول گئی۔ اب اس کے پچھتانے کی باری تھی" بیکار ہی میں نے یہ چھوٹا سا جھنجھنا خریدا۔ کاش کہ میں نے بھی گھوڑا خریدا ہوتا" اور ادھر مدن زور سے چابک ہلا ہلا کر گا رہا تھا۔ "چل مرے چیتک چل چل چل" تھوڑی دیر تک تو کسم دیکھتی رہی۔ پھر دوڑی ماں کے پاس "ماں۔ میں بھی گھوڑے پر چڑھوں گی۔"

"مدن سے کہو گھوڑا اُس کا ہے" ماں نے جواب دیا۔ لیکن کسم نہ تو مدن سے التجا کرنا چاہتی تھی نہ ہی گھوڑے پر چڑھنے کی خواہش چھوڑ سکتی تھی۔ آخر وہ آنکھوں پر ہاتھ رکھ کر رونے لگی۔ ماں نے اُسے

پچکار کر مدن کو بہت بہت بہلایا پھسلایا۔ لیکن مدن صاحب ٹس سے مس نہ ہوئے۔ آخر بہت سوچ بچار کے بعد طے ہوا کہ کسم جب سو جائے گی تو جھنجھنا مدن کا۔ اور مدن جب اسکول چلا جائے تو گھوڑا کسم کا۔

مدن ایک دن ڈاکیے کی طرح گلے میں بستہ لٹکائے دونوں ہاتھ پتلون کی جیب میں ڈالے جوتا پھٹپھٹاتے ہوئے جب گھر پہنچا تو دیکھا کہ آنگن میں چیتک اوندھے منہ پڑا ہوا ہے اور اس کے منہ کے پاس ہی جھنجھنا رکھا ہے۔ اپنے پیارے گھوڑے کی یہ توہین وہ برداشت نہ کر سکا اور دانت پیستے ہوئے اس نے صلح نامہ توڑنے کا اعلان کر دیا۔ اور کسم کی خبر لینے کے لیے ماں کے کمرے کی طرف لپکا۔ وہ سوچتا جا رہا تھا کہ جاتے ہی گڑیا کی طرح کسم کے کان پکڑ کر اٹھاؤں گا۔ پھر موٹر کے ہینڈل کی طرح مروڑ دوں گا۔ پھر اس کے گالوں پر اتنے زور سے تمانچے ماروں گا کہ پانچوں انگلیوں کے نشان پڑ جائیں گے۔ کسم چیخے گی اور میں جھٹ ''اباؤٹ ٹرن'' ہو کر اپنے کمرے میں آجاؤں گا پھر جھنجھنے کو توڑ کر کھڑکی کے باہر پھینک دوں گا اور دروازہ بند کر کے سو جاؤں گا۔

لیکن کمرے کے دروازے پر پہنچ کر وہ جیسے ہی بائیں طرف رکھے ہوئے پلنگ کی طرف مڑا۔ اس کا سارا جوش ٹھنڈا پڑ گیا سارا غصہ کافور ہو گیا۔ اس نے دیکھا کہ کسم چپ چاپ پلنگ پر لیٹی ہے اور اس کے بائیں ہاتھ میں پٹیاں بندھی ہیں۔ الٹا پڑا ہوا چیتک۔ خاموش لیٹی ہوئی کسم اور پٹیاں بندھا ہوا ہاتھ۔ مدن کے ننھے سے دماغ نے سارا حال سمجھ لیا۔ ماں کسم کے پاس بیٹھی ہوئی سوئٹر بن رہی

تھیں۔ وہ جیسے آیا تھا ویسے ہی لوٹ پڑا۔

اسی دن شام کو مدن کی عدم موجودگی میں ڈھائی ممبروں کی میٹنگ نے معاملے پر غور کرکے فیصلہ سنایا کہ چینک کو دُور ہٹا دیا جائے اتنی دور جہاں کہ مدن کی نظر بھی نہ پہنچ سکے۔ کسم کو اس کا جھنجھنا مل گیا۔

اس واقعے کے کئی دن بعد۔ مدن دیوار سے اپنے پیر لگائے کرسی کو پیچھے کی طرف جھکا کر دھیرے دھیرے جھوم رہا تھا کہ کسم ہاتھ میں جھنجھنا لیے ہوئے کمرے میں داخل ہوئی۔ اور آتے ہی سیلوٹ کرکے کہا: "جے ہند مدن صاحب" مدن ابھی تک اپنے چینک کو نہ بھلا سکا تھا۔ اس کے دل میں تو آئی کہ کس کر دو چار ہاتھ جمائے۔ لیکن کسم کو جے ہند کی حالت میں پیشانی تک ہاتھ پہنچائے دیکھ کر اُسے ہنسی آگئی۔ اُس نے کہا "میں تو مدن شیر سنگھ ہوں۔ لیکن تم کون ہو؟" "جھانسی کی رانی" کسم کو سُنی ہوئی ایک کہانی یاد آگئی۔ ہُونہہ۔ بڑی آئی جھانسی کی رانی۔ ایک بار گھوڑے پر بیٹھی تو چاروں خانے چت۔ جھانسی کی رانی تو گھوڑے کی پیٹھ پر ہی سویا کرتی تھی۔" مدن نے طعنہ دیا۔

"تو پھر سروجنی نائیڈو" کسم کو ماں سے سُنی ہوئی دوسری کہانی یاد آگئی۔ مدن ہنسا "ارے سروجنی نائیڈو تو اتنی موٹی تھیں تو تو بالکل دُبلی پتلی چمرخ ہے۔"

کسم کے دونوں وار خالی گئے۔ اُس نے منہ میں انگلی ڈال کر ماں سے سُنی ہوئی ایک تیسری کہانی یاد کی اور بولی "اچھا پرتھوی راج"

کسم کا سینہ پھول گیا۔ مدن زور سے قہقہہ لگا کر ہنس پڑا۔ اور اُسے جلدی سے گود میں اٹھا کر ماں کو یہ حال سنانے کے لیے بھاگا۔

اور کسم اپنے بھائی کی گود میں کچھ نہ سمجھتے ہوئے بھی اپنا جھنجھنا بجا بجا کر زور زور سے ہنس رہی تھی۔

پُراسرار قیدی

بھائی جان انجینیرنگ کی ڈگری لے کر جب انگلینڈ سے واپس آئے تھے تو میرے لیے تحفے کے طور پر موم کا ایک پتلا لیتے آئے تھے۔ یہ پتلا ساڑھے چار فیٹ لمبا تھا۔ دیکھنے میں بڑا ہی خوب صورت' یہ کوئی چھوٹا سا گڈا تو تھا نہیں، جسے میں بغل میں دابے دابے پھرتا، اس لیے اسے میں نے اپنے کمرے کے کونے میں کھڑا کر دیا تھا۔ وہاں یہ دو کام دیتا۔ ایک تو کمرے کی سجاوٹ میں اضافہ کرتا اور میرے دوستوں کی دلچسپی کا سامان بنتا دوسرے میں اپنے کپڑے اسے پہنا دیا کرتا تاکہ اُن پر شکنیں نہ پڑیں۔ پتلے کا قد ساڑھے چار فیٹ کا تھا اور میرا پانچ فیٹ سے اوپر، اس لیے میرے کپڑے اس کو لمبے

ہوتے۔ اور جب میں اپنا سوٹ اسے پہنا دیتا تو لمبے کوٹ اور پتلون میں چہرے کے علاوہ اُس کے بدن کا کوئی اور حصہ دکھائی نہ دیتا تھا۔ خوب صورت بنانے کے لیے میں اُس کے سر پر اپنا نرم ہیٹ پہنا دیا کرتا تھا اور پھر دور سے دیکھنے پر کوئی تمیز نہ کرسکتا تھا کہ وہ ایک موم کا پتلا ہے یا کوئی فیشن ایبل لڑکا! میں اپنے اسکول کے ڈراموں بحثوں اور مشاعروں میں سرگرمی سے حصہ لیا کرتا تھا اس لیے اکثر اس پتلے کو مخاطب کرکر کے ریہرسل کیا کرتا، مطالعہ بھی اسی کمرے میں کرتا، فرصت کے لمحات بھی وہیں گزارتا۔ غرض یہ کہ میرے دن ورات کا بیشتر حصہ اسی کمرے میں گزرتا جس میں پتلا رکھا تھا اور میں اس سے اتنا مانوس ہوگیا کہ اگر کبھی وہ ہٹا دیا جاتا تو کمرے میں کچھ کمی سی محسوس ہوتی۔

وہ شاید میری پندرھویں سال گرہ تھی۔ میری تاریخ پیدائش یکم اپریل ہے۔ اس لیے تقریباً ہر بار امتحان کے بعد ہی سال گرہ آتی ہے۔ اور چونکہ ایسا کبھی نہیں ہوا کہ میں امتحان میں فیل ہوا ہوں، اس لیے سال گرہ کی خوشیاں دوبالا ہو جاتی ہیں۔ جتنے تحفے مجھے اُس سال ملے اتنے نہ کبھی پہلے ملے تھے اور نہ ہی ہزاروں کوششوں کے باوجود اب تک مل سکے۔ میرا کمرہ چاکلیٹ اور بسکٹوں کے ڈبوں، مٹھائیوں کی ٹوکریوں کتا ہاتھی سے لے کر ریل اور جہاز جیسے کھلونوں، خوب صورت تصویروں، دل چسپ کہانی کی کتابوں اور رنگ برنگے رسالوں سے کھچا کھچ بھر گیا۔ اور ہاں! اسی سال ہی تو چچا جان نے ایک خوب صورت اٹالین ڈبنا ٹو، سائیکل اور پھوپھی اماں نے بڑی والا دکوڈک کیمرہ مجھے دیا تھا۔ اب سائیکل کو نوکر رگڑتے ہیں اور کیمرہ

شاید کوئی کباڑیا اٹھا لے گیا۔ بھلا تم ہی سوچو اتنے اچھے اور اتنے بہت سارے تحفے پاکر کون خوش نہ ہوگا؟ میں مارے خوشی کے پھولا نہ سمایا۔ میرا سارا دن اسی کمرے میں رسالے اور کتابیں پڑھنے میں بیتتا تھا۔ صرف پانچ بجے شام کو تھوڑی دیر کے لیے بیڈمنٹن کھیلنے کلب جاتا تھا یا پھر رات کو سونے کے لیے لان پر!

چھٹیاں تو تھیں ہی۔ ایک دن سالگرہ کے تحفوں کی فہرس لے کر سب چیزوں کا معائنہ کرنے بیٹھ گیا۔ میری حیرت کی انتہا نہ رہی جب مجھے معلوم ہوا کہ میری کئی اچھی اچھی کتابیں، خوب صورت تصویریں، رنگین رسالے اور مزے دار چاکلیٹ اور بسکٹ کے ڈبے غائب ہیں!

میں نے ٹھنڈے دل سے غور کیا " ہے یہ کسی شریر لڑکے ہی کا کام۔ ورنہ اگر چور باہر سے آتا تو صرف معمولی چیزوں پر ہی اکتفا نہ کرتا، بلکہ قیمتی چیزوں پر ہاتھ صاف کرتا۔ اور گھر کے لڑکے رات کو لان پر میری نظروں کے سامنے ہی رہتے ہیں، ضرور یہ تمام کارروائی اس وقت ہوتی ہے جب میں کرکٹ، بیڈمنٹن کھیلنے کلب جاتا ہوں۔ تو پھر آخر چور ہے کون —؟" میری نظروں کے سامنے کئی چہرے ناچنے لگے۔ شریر اختر، شوخ اظہر چالاک شہناز، رونا ادریس، کھلاڑی اشفاق اور لڑاکو شمیم " نہ جانے کون ان میں سے میری چیزوں پر ہاتھ صاف کرتا ہے؟" میں نے کڑی نگرانی شروع کر دی۔ جب کمرے میں رہتا چوکنا رہتا باہر جاتا تو تالا لگا جاتا۔ لیکن اتنی احتیاط کے باوجود چیزیں دو تین دن بعد پھر غائب ہونے لگیں، میں نے تالا تبدیل کردیا۔ چوری دو تین دن کے لیے رک گئی اور پھر شروع۔ اور اب یہی دستور

ہوگیا، جب میں تالا بدل دیتا چوری دو تین دن کے لیے رُک جاتی شاید چور اس عرصے میں کنجی تیار کیا کرتا تھا اور اس کے بعد پھر شروع ہو جاتی حتیٰ کہ میرا چوتھائی کمرہ صاف ہو گیا!

جلد ہی مجھے یہ سوچنے پر مجبور ہونا پڑا کہ اگر چوری کا خاطر خواہ انسداد نہ کیا گیا تو کچھ ہی دنوں میں میرا کمرہ بالکل ہی خالی نظر آنے لگے گا۔ میں نے چور کو پکڑنے کا پکا ارادہ کر لیا اور اس پر عمل کرتے ہوئے ایک دن کلب سے وقت سے بہت پہلے آ گیا۔ جیسا کہ امید تھی میں نے دیکھا کہ کمرے کا تالا کھلا ہوا ہے اور دروازہ اندر سے بند ہے۔ اندر سے کسی کے دبے پاؤں چلنے اور چیزوں کے اٹھانے اور رکھنے کی کھٹ پٹ کی آوازیں آ رہی تھیں۔ میں سمجھ گیا کہ چور اندر صفائی میں مصروف ہے۔ میں خوش ہو گیا کہ آج چور پکڑا گیا۔ جلا بھنا تو تھا اور یہ بھی مجھے معلوم تھا کہ اس دروازے کے علاوہ کمرے سے نکلنے کا اور کوئی دوسرا راستہ نہیں ہے کیونکہ سب کھڑکیوں میں لوہے کی سلاخیں لگی ہوئی ہیں۔ میں نے چور کو سزا دینے کی ایک ترکیب سوچ لی۔ جیب سے چابی نکالی اور باہر سے تالا بند کر دیا۔

اب تک مجھے معلوم نہ تھا کہ چور ہے کون۔؟ لیکن مجھے جلد ہی معلوم ہو گیا۔ شام کو جب سب لوگ کھانا کھانے کی میز کے کنارے جمع ہوئے تو اظہر کی کرسی خالی تھی۔ یہ سب کارستانی اظہر کی ہی تھی۔ اور جب بھائی جان نے پوچھا کہ "آج اظہر کہاں چلا گیا؟"، تو میں نے اُنھیں سب کچھ بتا دیا، یہ بھی کہ "آپ کے صاحبزادے کو چوری کی سزا دینے کے لیے میں نے اپنے کمرے میں بند کر دیا ہے۔ اور صبح

سے پہلے کمرہ کسی حال میں کھولنے کے لیے راضی نہیں ہوں۔ بھائی جان مسکرا کر چپ ہو گئے۔

اس رات مجھے نیند بڑی مشکل سے آئی۔ صبح بھائی جان، میں اور سب نیچے کمرے میں داخل ہوئے لیکن ہماری اس وقت کی حیرت کا اندازہ تو کیجیے جب ہم نے کمرے کو بالکل خالی پایا۔ یہ مطلب نہیں کہ وہاں کی سب چیزیں غائب تھیں۔ جی نہیں! ہر چیز اپنی جگہ پر موجود تھی، صرف اظہر کا کہیں پتا نہ تھا!! میز کرسیوں کے نیچے، الماریوں اور پردوں کے پیچھے حتیٰ کہ ٹرنکوں کے اندر بھی اظہر کو ڈھونڈا گیا لیکن وہ کہیں نہ ملا۔

"تم نے اسے دیکھا بھی تھا کمرے کے اندر؟" بھائی جان نے مجھ سے پوچھا، اور میرا سر شرم سے جھک گیا۔ واقعی میں نے اسے دیکھا کہاں تھا!

اور پھر گھر میں ایک قیامت سی آ گئی۔ عورتوں نے رو رو کر آسمان سر پر اٹھا لیا، مرد بوکھلا گئے۔ نوکر دوڑنے پھرنے لگے، پولیس اسٹیشنوں پر خبر بھیجی گئی، جگہ جگہ فون کیے گئے، اخباروں میں حلیہ چھپوا کر انعام کا اعلان کیا گیا۔ ہر جگہ اظہر کو تلاش کیا جانے لگا، تمام شہر چھان ڈالا گیا لیکن نہ جانے وہ کہاں تھا — ؟

تین دن گزر گئے — بھابی اور امی نے رو رو کر برا حال کر لیا۔ بھائی جان کے ہوش و حواس گم تھے۔ سب مجھے ہی اظہر کی گمشدگی کا باعث سمجھ رہے تھے۔ میرا کمرہ تین دن سے بند تھا، ہم نے اسے کھول کر ایک بار پھر سے تلاشی لی۔ لیکن اظہر کوئی جادوگر نہ تھا جو

کمرے میں موجود ہوتے ہوئے ہماری نظروں سے اوجھل رہتا۔ وہ وہاں تھا ہی نہیں ہمیں ملتا کیسے ــــ؟ اور جب ہم مایوس ہو کر کمرے سے واپس آرہے تھے تو اچانک میری نظر مٹھائی کی اس خالی ٹوکری پر جا پڑی جو پلنگ کے سرہانے پڑی تھی۔ مجھے اچھی طرح یاد تھا کہ تین دن پہلے یہ ٹوکری سوہن حلوے سے بھری ہوئی الماری میں رکھی تھی۔ اور جب ہم نے قریب جا کر دیکھا تو بستر کی وہ شکنیں بھی نظر آگئیں جو کسی کے سونے سے اس پر بن گئی تھیں! تو کیا اظہر اسی کمرے میں ہے؟ میرے دماغ میں بار بار یہی سوال چکر لگانے لگا۔ ایک بار پھر، ہم نے اظہر کو کمرے میں تلاش کرنے کی بے سود کوشش کی اور کمرے سے باہر نکل آئے۔ ''مجھے سو فیصدی یقین ہے کہ اظہر اسی کمرے میں ہے!'' میں نے بھائی جان سے کہا۔

''تمھیں اصرار ہے تو اس کی بھی تدبیر کیے لیتے ہیں'' وہ سوچنے لگے۔ اور پھر انھوں نے ایک ترکیب سوچ ہی تو لی'' تم تھوڑی سی گھاس لے کر سب بچوں کے ساتھ اپنے کمرے کے پاس آؤ'' انھوں نے حکم دیا ''میں وہیں ملوں گا''۔ اور جب میں حیران و پریشان، دل میں سوچتا ہوا کہ آخر گھاس سے کیا کام لیا جائے گا، بچوں کو ساتھ لیے ہوئے گھاس لے کر اپنے کمرے کے سامنے پہنچا تو وہاں بھائی جان اپنے ہونٹوں پر انگلی رکھے ہمیں خاموش رہنے کا اشارہ کرتے ہوئے کھڑے تھے گھاس زمین پر ڈال کر انھوں نے جیب سے اپنا سگریٹ لائیٹر نکالا اور اس میں آگ لگا دی۔ گھاس سلگ اٹھی اور اس سے نکلے ہوئے دھوئیں کی مخصوص بو چاروں طرف پھیل گئی۔

"تم سب لوگ زور سے چیخو کہ 'بھاگو گھر میں آگ لگ گئی'۔"
بھائی جان نے کمرہ کا تالا کھولتے ہوئے ہمیں دھیرے سے کہا۔
میں اور پانچوں بچے حلق کے بل چلّائے "بھاگو گھر میں آگ لگ گئی"۔

"ایک بار اور!" بھائی جان پھسپھسائے۔

"بھاگو گھر میں آگ لگ گئی"۔ ہم سب پھر چیخے۔

پورا مکان "آگ آگ" کی چیخوں سے گونج اٹھا۔ کمرے میں کسی کے بھاگنے کی آہٹ ہوئی! پھر دھڑ دھڑا کر دروازہ کھُلا!! اور موم کا پتلا بھاگتا ہوا آکر ہمارے سامنے کھڑا ہو گیا!!!

اور پھر تھوڑی دیر بعد اظہر مومی پتلے کے ڈھیلے ڈھالے کپڑے پہنے اس کا سر ہاتھ میں لیے ہمیں اپنی چالاکی کی داستان سنا رہا تھا۔ اور میں کڑھ رہا تھا اپنے موم کے پتلے کی تباہی پر، جس کا دھڑ اظہر نے توڑ کر باہر پھینک دیا تھا اور جس کے کپڑے پہن کر اور سر اپنے سر پر اوندھا کر اُس نے ہمیں تین دن تک پریشان کیا تھا۔

خزانے کا بھُوت

مجھے جاسوسی ناول اور افسانے پڑھنے کا بہت شوق رہا ہے، میں تقریباً ہر جاسوسی کہانی میں یہی پڑھتا تھا کہ کسی کو تصویر کے فریم میں ایک خزانے کا نقشا ملا اور اس کی مدد سے وہ لکھ پتی بن بیٹھا یا کسی شخص کو ڈاکوؤں کی قیام گاہ معلوم ہو گئی اور وہ تھوڑی سی چالاکی سے ان کی تمام دولت پر قابض ہو گیا۔ اس قسم کے قصے پڑھ پڑھ کر میرے دل میں دھیرے دھیرے یہ تمنا چٹکیاں لینے لگی کہ کاش مجھے بھی کوئی ایسا ذریعہ مل جائے جس کی مدد سے میں کسی خزانے کا مالک بن سکوں — خزانے کے خیال سے ہی میرے دماغ میں ہل چل مچ جاتی اور میرے سامنے انجانے خزانے کی اشرفیاں، ہیرے اور جواہرات جگمگانے کے خیال سے ہی میرے سامنے انجانے خزانے کی اشرفیاں، ہیرے اور جواہرات جگمگانے لگتے۔ رفتہ رفتہ میری تمنا خبط اور جنون کی حدوں کو

چھونے لگی۔ اب میں دن رات خزانے کے تصور میں ڈوبا رہتا۔!

ایک بار میرے والد صاحب کے ایک گہرے دوست اوم پرکاش سنڈ جو سپرنٹنڈنٹ پولیس تھے، ہمارے گھر آئے باتوں ہی باتوں میں ان سے معلوم ہوا کہ بنجاروں کے قافلے جو ادھر ادھر بھٹکتے ہوئے خانہ بدوشی میں عمر گزار دیتے ہیں۔ بعض اوقات موقع پاکر چوری ڈکیتی بھی کیا کرتے ہیں اور ایسا چرایا ہوا سامان پولیس کی نظروں سے پوشیدہ رکھنے کے لیے، کسی جگہ دفن کر دیتے ہیں۔ اور کوئی ایسا نشان اس جگہ مقرر کر دیتے ہیں کہ اگر کبھی ادھر اُن کا یا ان کے بعد ان کی اولاد کا گزر ہو تو آسانی سے اسے شناخت کر سکیں۔!

اب میں نے بنجاروں سے میل جول بڑھانا شروع کیا جب کبھی ہمارے گاؤں میں بنجاروں کا کوئی گروہ آکر قیام کرتا، میں وہاں پہنچ جاتا اور ان لوگوں کو سبز باغ دکھا کر کسی پوشیدہ خزانے کا پتا بتانے کے لیے آمادہ کرنے کی کوشش کرتا رہتا۔ لیکن وہ لوگ بھی بڑے ہی چلتے پرزے ہوتے ہیں، مجھے کسی نہ کسی طرح باتیں بنا کر ٹرخا دیا کرتے، اور ایک مرتبہ تو ایک قافلے کے سردار نے مجھے بری طرح بے عزت کر کے اپنے خیمے سے نکلوا بھی دیا۔ شاید اسے شک ہو گیا تھا کہ میرا تعلق خفیہ پولیس سے ہے!

میرے لیے اب بڑی دشواریاں پیدا ہو گئیں، بنجاروں کے خیموں میں جاتے ہوئے اس لیے ڈرتا تھا کہ کہیں کوئی سرپھرا ناراض ہو کر میری زندگی کا ہی خاتمہ نہ کر دے اور خزانے کی تلاش کا بھوت

اس بُری طرح سر پر سوار تھا کہ اتارے نہ اترتا تھا۔ ایک دن انھیں خیالات میں غرق کمرے میں بیٹھا تھا کہ دروازے پر ایک فقیر نے آکر صدا دی، شکل وصورت اور پوشاک سے وہ کوئی بنجارہ معلوم ہوتا تھا اسے اندر بلا کر دریافت کرنے سے معلوم ہوا کہ واقعی وہ بنجارہ ہی ہے قافلے کے سردار نے اسے برادری سے نکال دیا تھا کیوں کہ وہ اسے پولیس کا مخبر سمجھتے تھے۔ اب وہ بھیک مانگ کر اپنا پیٹ پال رہا تھا

میں نے اسے اپنے ساتھ رکھ لیا، تھوڑے ہی دنوں میں بنجارہ مجھ سے ہل مل گیا اور جب وہ مجھ سے خوب بے تکلف ہوگیا تو ایک دن میں نے اس کے سامنے خزانے کا ذکر چھیڑا۔ میری خوش قسمتی تھی کہ تھوڑی دیر آنا کانی کرنے کے بعد اس نے تسلیم کرلیا کہ اسے ایک ایسے خزانے کا پتا معلوم تھا جسے اس کے دادا کے زمانے میں قافلے والوں نے ہمارے گانو کے قریب ہی دفن کیا تھا۔ زیادہ اصرار کرنے پر وہ جگہ بتانے پر بھی آمادہ ہوگیا، جہاں خزانہ دفن تھا۔

اس نے مجھے بتایا کہ خزانہ گانو سے دو میل دور، ناگون تالاب کے کنارے پیپل کے نیچے دفن ہے۔ اور اسے کھودنے کے لیے کم از کم چار آدمیوں کی ضرورت ہے۔ ہم نے طے کرلیا کہ خزانہ جمعرات کی رات کو نکالنے جائیں گے!

خدا خدا کر کے جمعرات آئی اس درمیانی عرصے میں میں نے دو جگری دوستوں رام کرشن اور مدن کو ساتھ دینے پر آمادہ کرلیا تھا۔ رات کو ٹھیک بارہ بجے، جب آسمان کالے بادلوں سے ڈھکا

ہوا تھا، میں، مدن، رام کرشن اور بنجارہ جس کا نام بلّو تھا، چاروں آدمی کدال پھاوڑے، ٹارچ، ناپنے کا فیتہ اور کئی قسم کے دوسرے ضروری سامان سے لیس ہو کر گھر سے چل پڑے۔ ہوا سائیں سائیں چل رہی تھی کبھی کبھی بجلی گھنے بادلوں کے درمیان پیلے کنکھجورے کی مانند چمک جاتی تھی۔ اور کبھی بادل زور سے گرجنے لگتے تھے مینڈک ٹرٹر کر رہے تھے۔ چمگادڑیں پھڑپھڑاتی ہوئی ہمارے کانوں کے پاس سے گزر کر تاریکی میں کھو جاتی تھیں، طوفانی ہوا سے اونچے تناور درختوں کے پتے زور زور سے کھڑکھڑا رہے تھے، جیسے کالے کالے دیو اپنی رانیں پیٹ رہے ہوں اور ہم لوگ اس ہولناک منظر سے بے پروا، تاریکی کو اپنی ٹارچ سے چیرتے ہوئے بلّو کے پیچھے پیچھے چل رہے تھے۔

آخر کار ہم لوگ منزلِ مقصود پر پہنچ ہی گئے۔ ناگپون تالاب کے کنارے ایک سوکھے ہوئے پیپل کے نیچے کچھ ٹوٹی پھوٹی اینٹوں کا ایک ٹیلہ سا اٹھا ہوا تھا، معلوم ہوتا تھا کہ اس جگہ کبھی اینٹیں بنائی گئیں تھیں۔ اور یہ ناکارہ اینٹیں یہیں چھوڑ دی گئی تھیں لیکن دراصل چالاک بنجاروں کے خزانے کا نشان تھا۔

بہت جلد آٹھ پھرتیلے مضبوط ہاتھوں نے تمام اینٹوں کے ٹکڑے ہٹا دیے اور پھر چار کدالیں کھچا کھچ اس جگہ کو کھودنے لگیں بیچ بیچ میں پھاوڑوں سے مٹی بھی سرکاتے جاتے تھے۔ چمگادڑیں پھڑپھڑائے جا رہی تھیں، مینڈک لگاتار ٹرٹر کر رہے تھے، دور کہیں ایک الو بھیانک آواز سے رو رہا تھا۔ گیدڑ تھوڑی دیر کے بعد چیخ اٹھتے تھے۔

اور ہم چاروں گھٹا ٹوپ اندھیرے میں بادل کی گرج اور بجلی کی کڑک کے درمیان کھودتے چلے جارہے تھے۔ مدن نے ٹارچ جلا کر گھڑی دیکھی،

"تین تو بج گئے بلو! ابھی اور کتنی دیر کھودنا پڑے گا۔"

"مجھے بتایا گیا ہے کہ خزانہ ساڑھے سات فیٹ کی گہرائی پر ہے" اس نے ہانپتے ہوئے جواب دیا۔

"چھ فیٹ تو کھود چکے" رام کرشن نے فیتے سے ناپ کر ہمیں بتایا۔

"بھئی میرے تو ہاتھ شل ہو گئے" مدن نے کدال ہاتھ سے چھوڑ دی۔

"واہ اتنے میں ہی ہمت ہارے جاتے ہو" میں نے پسینا پونچھتے ہوئے ہمت بڑھائی "صرف ڈیڑھ فٹ ہی تو اور کھودنا ہے!"

ہم سب پھر کھودنے لگے اب کنکریلی زمین ختم ہو گئی تھی اور نرم مٹی نکلنے لگی تھی، سب نے جلدی جلدی ہاتھ چلانے شروع کیے اچانک میری کدال پھک سے کسی چیز میں گھس گئی زور لگانے پر بھی جب کدال نہ نکلی تو میں نے مدن رام کرشن اور بلو کو زور لگانے کے لیے کہا۔ بلو ہاتھ روک کر کھڑا ہو گیا۔

رام کرشن پھسپھسایا "شاید خزانے کے بکس میں پھنس گئی ہے" مدن نے بھی تائید کی۔ "میرا بھی یہی خیال ہے!"

ہم تینوں نے مل کر اپنی پوری طاقت سے کدال کھینچی اور کدال

ایک جھٹکے کے ساتھ باہر آ گئی اور اس کے ساتھ کسی آدمی کی ہڈیوں کا ڈھانچہ بھی! میرے رونگٹے کھڑے ہو گئے'' یہ کیا ہے'' ؟ میں نے ڈر سے کانپتے ہوئے پوچھا۔

''خزانے کا بھوت!'' بلّو نے لرزتی ہوئی آواز میں جواب دیا اور لڑکھڑا کر کھودے ہوئے گڑھے میں گر گیا۔ وہ بے ہوش ہو گیا تھا۔! اسی وقت بادل زور سے گرجا تاریکی بادل کی گرج، کھڑکھڑاہٹ ہوا کی سائیں سائیں، اور کسی انسانی لاش کا پنجر۔! ہمارے اوسان خطا ہو گئے، اور ہم تینوں آدمی چیخ کر بے تحاشا بھاگے، تھوڑی دور جا کر بھاگتے ہوئے میں نے پیچھے مڑ کر تاریکی میں یہ دیکھنے کی کوشش کی کہ بلّو ہمارے ساتھ ہے یا نہیں؟ اسی وقت زور کی گڑگڑاہٹ کے ساتھ بجلی چمکی اور میں نے دیکھا کہ وہی انسانی لاش کا ڈھانچہ کھڑکھڑاتا ہوا چاروں ہاتھ پاؤں کے بل چلتا ہمارے پیچھے بھاگا چلا آ رہا ہے!!! بدحواسی میں کدال میرے ہاتھ سے چھوٹ پڑی اور اگر رام کرشن اور مدن مجھے نہ سنبھال لیتے تو میں بے ہوش ہو کر گر پڑتا میرا دل سینے میں زور زور سے دھڑک رہا تھا جیسے باہر نکل پڑے گا۔ سر پر پاؤں رکھ کر ہم گھر کی طرف بھاگے!

گھر پہنچ کر جب ہوش ہوا تو یاد آیا کہ غریب بلّو کو ہم اس ہیبت ناک مقام پر اکیلا ہی چھوڑ آئے ہیں اپنی خود غرضی پر ہمیں بہت ندامت ہوئی اور ہم نے طے کر لیا کہ مریں یا جئیں صبح جا کر بلّو کو اس مقام پر تلاش کریں گے اور صبح جب ہم لوگ

اس پتیل کے نیچے کھدے ہوئے گڑھے پر پہنچے تو وہاں بلّو کا نام و نشان تک نہ تھا۔ ایک شکستہ زنگ خوردہ صندوق پڑی تھی۔ ہمت کر کے اسے کھولا خلاف امید اس سے ہیرے جواہرات کے بجائے ایک پرچہ نکلا لکھا تھا۔

"آپ لوگ بہت بزدل ثابت ہوئے کہ اس خزانے کے مالک لکھ پتی کی لاش کے ڈھانچے سے ڈر کر بھاگ کھڑے ہوئے جسے بنجاروں نے قتل کر کے اس کے خزانے کے ساتھ ہی دفن کر دیا تھا میں بے ہوش نہ ہوا تھا بلکہ آپ لوگوں کی بدحواسی سے فائدہ اٹھانے کے لیے بے ہوش سا بن کر یہاں رہ گیا تھا اور اب اس بے بہا خزانے کا تنہا مالک میں ہوں، بلّو"۔

واپسی میں تلاش کرنے پر مجھے اپنی کدال بھی مل گئی جس کی نوک اس ہڈیوں کے ڈھانچے میں اب تک گھسی ہوئی تھی۔ اب ہماری سمجھ میں آیا کہ ڈھانچہ ہم لوگوں کا تعاقب نہ کر رہا تھا، بلکہ بدحواسی میں میں خود اسے اپنی کدال میں اٹکائے وہاں تک گھسیٹ لایا تھا!!!

بہادر کون؟

نئے لڑکوں کی جوڑی جب میدان میں اُتری تو سنجیدہ سے سنجیدہ لڑکا بھی مسکرائے بغیر نہ رہ سکا یہاں تک کہ فلسفے کے پروفیسر مسٹر بنرجی جن کے بارے میں مشہور تھا کہ وہ مسکرانا جانتے ہی نہیں، مسکراتے ہوئے دیکھے گئے۔

اور بات کچھ نہیں، صرف اتنی سی تھی کہ کالج میں ہونے والی قومی تقاریب کے سلسلے میں کشتی کا جو مقابلہ ہو رہا تھا اس میں کالج کے مشہور پہلوان طاقت ور تنو مند اور جسیم طاہر کے ساتھ کشتی لڑنے کون کھڑا ہوا تھا ——— ؟ خالد! جی ہاں وہی دُبلا پتلا چمرخ سا خالد، جسے اگر کوئی معمولی سا لڑکا بھی دھکا دے تو تین لڑھکنیاں کھاتا اور یہی تھی وہ عجیب سی جوڑ، جس نے سب کو مسکرانے پر مجبور کر دیا تھا۔

اور انجام وہی ہوا جو کہ ہونا تھا۔ بھلا چیونٹی کا ہاتھی سے

کیا مقابلہ! جیسے ہی خالد نے طاہر سے ہاتھ ملایا۔ ویسے ہی زمین سونگھتا نظر آیا۔ اور دوسرے لمحے میں وہ چاروں خانے چت زمین پر پڑا ہوا تھا۔ اور طاہر اپنے دوستوں کے کاندھوں پر سوار تھا۔

کئی روز تک لڑکوں میں اس واقعہ کا چرچا ہوتا رہا۔ خالد جدھر سے نکلتا لڑکے اس پر آوازے کستے، نداق اُڑاتے، اور وہ ان سب حملوں کو ہنس کر ٹال دیتا۔ اور پھر سب نے اس کا نام چرخ پہلوان رکھ دیا۔ پرنسپل صاحب کے کانوں میں بھی ان باتوں کی بھنک پڑ گئی۔ اور انھوں نے اپنی عادت کے مطابق ایک لیکچر بھی دے ڈالا۔ جس میں انھوں نے سمجھانے کی کوشش کی کہ ضروری نہیں کہ طاقت ور موٹا تازہ آدمی بہادر بھی ہو۔ اصلی بہادر تو وہ ہے جو کمزور ہوتے ہوئے بھی ہمت کا دامن نہ چھوڑے اور کسی بھی طاقت کے سامنے سر نہ جھکائے۔ آپ لوگوں کو تو خالد کی ہمت کی داد دینی چاہیئے۔ انھوں نے تقریر کو آگے بڑھاتے ہوئے کہا کہ اس نے یہ جانتے ہوئے کہ وہ طاہر سے ہار جائے گا ہمت کا دامن نہیں چھوڑا اور اس طرح انھوں نے یہ ثابت کرنے کی کوشش کی کہ خالد بہت بہادر ہے۔

"ہاں بھئی! بھلا پرنسپل صاحب کیوں نہ خالد کی تعریف کریں گے۔" لڑکوں میں چہ میگوئیاں ہونے لگیں۔ "وہ پڑھنے لکھنے میں ہمیشہ تیز جو رہا ہے۔"

"بھئی میں تعلیم میں تو واقعی اس سے کمزور ہوں۔" طاہر نے کہا "لیکن بہادری اور طاقت میں وہ بے چارہ کیا مقابلہ کرے گا میرا؟ اس سے کہہ دو کچھ دن اور محنت کرے۔"

لیکن خالد کو بھی نہ جانے کیا خبط ہو گیا۔ وہ ہر بات میں طاہر سے مقابلہ کرتا۔ رسہ کشی میں اس نے بہت کوشش کی کہ طاہر کو گھسیٹ لے لیکن طاہر کے ایک ہی جھٹکے میں رسہ اس کے ہاتھ سے چھوٹ گیا۔ گیند پھینکنے میں بھی وہ طاہر سے نہ جیت سکا۔ لیکن اس نے ہمت نہ ہاری۔ "میں ثابت کر کے رہوں گا کہ میں طاہر سے زیادہ بہادر ہوں" اس نے جی میں ٹھان لی۔

خالد کو طاہر سے کوئی دشمنی نہ تھی۔ ہاں طاہر کی اس بات سے البتہ اسے رنج پہنچتا تھا کہ وہ جب ذہانت میں اس سے نہ جیت سکا تو اپنی جسمانی طاقت کے بھروسے پر اسے حقیر کرنے کی کوشش میں لگا رہتا۔ خالد جسمانی طاقت میں طاہر سے کمزور بلکہ بہت کمزور تھا۔ لیکن اس کا دل بہت قوی تھا۔ اس کی ہمت بہت بلند تھی اور اسی ہمت کے بھروسے پر اس نے طے کر لیا تھا کہ وہ جسمانی طاقت میں بھی طاہر کو نیچا دکھا کر اس کے غرور کو خاک میں ملا دے گا۔

ایک دن اتفاق سے طاہر کے گھر میں آگ لگ گئی۔ جب آگ آگ کا شور مچا تو لوگ دوڑ پڑے خالد بھی اُسی محلے میں رہتا تھا۔ وہ بھی آگ بجھانے والوں کی مدد کر رہا تھا۔ ہر شخص آگ بجھانے کی جان توڑ کوشش کر رہا تھا۔ کوئی مکان سے اسباب نکال نکال کر باہر پھینک رہا تھا۔ کوئی پانی بھر بھر کر لا رہا تھا تو کوئی فائر بریگیڈ کے دفتر دوڑا جا رہا تھا۔ مکان سے سب لوگ باہر نکل آئے تھے۔ اچانک طاہر کی ماں کو یاد آیا کہ ننھا شاہد مکان کے اندر ہی رہ گیا وہ بلبلا اٹھی۔ اور جلتے مکان میں گھسنا چاہا لیکن طاہر نے اسے پکڑ لیا

کیوں کہ ہوا نے آگ کو بہت تیز کر دیا تھا۔ ماں کی ممتا بھلا کیسے مانتی وہ ہائے میرا بچہ کہہ کر چیخنے لگی۔ سب لوگ کھڑے ہوئے ایک دوسرے کا منہ دیکھ رہے تھے دہکتی ہوئی آگ میں جان دینے کے لیے کون جاتا؟ طاہر کسی کو اپنے مقابلے میں بہادر نہ سمجھتا تھا لیکن اس وقت تو وہ یوں چپ تھا جیسے اسے سانپ سونگھ گیا ہو۔

خالد ہمت کر کے آگے بڑھا۔ اس نے دو گھڑے پانی کے اپنے اوپر ڈال لیے ایک بڑا رومال پانی سے تر کر لیا اور سیڑھی سے جو دیوار پر لگی تھی، چڑھ کر بل کھاتے ہوئے دھوئیں اور لپکتے ہوئے شعلوں کے درمیان سے گزرتا ہوا اس کمرے کی طرف جھپٹا جہاں شاہد سو رہا تھا۔ آگ کے شعلے بھڑک رہے تھے دھوئیں سے اس کا دم گھٹا جا رہا تھا لیکن وہ مردانہ وار کمرے میں گھس گیا اور شاہد کو گود میں اٹھا کر بھیگا ہوا رومال اس پر ڈال کر الٹے پاؤں لوٹا۔ آگ اب زیادہ تیز ہو گئی تھی۔ سیڑھی جل کر گر چکی تھی۔ وہ دیوار پر پہنچا اور چیخا: ”جلدی سے چادر پھیلاؤ میں بچے کو پھینکتا ہوں“ چار آدمی چادر پھیلا کر کھڑے ہو گئے اور اس نے بچے کو پھینک دیا۔ دوسرے لمحے میں شاہد اپنی ماں کی گود میں تھا اور خالد آگ کے ہولناک شعلوں کے درمیان دوسری منزل پر بے ہوش پڑا تھا۔

لیکن جسے خدا رکھے اسے کون چکھے اسی وقت فائر بریگیڈ کا انجن آ گیا آگ تیزی سے بجھائی جانے لگی۔ دو آدمی جو فائر پروف وردی (آگ سے نہ جلنے والے کپڑے) پہنے ہوئے تھے جلدی سے جا کر بے ہوش خالد کو اٹھا لائے بھیگے ہوئے کپڑوں کے باعث

اسے زیادہ تکلیف نہ ہوئی تھی صرف کہیں کہیں سے جھلس گیا تھا۔ اور جب اس نے آنکھیں کھولیں تو دیکھا کہ طاہر کی موٹی سی گردن اس کی چوڑی چھاتی پر جھکی تھی اور خالد کو یوں محسوس ہوا جیسے اس کی آنکھیں اس سے کہہ رہی ہوں۔ "خالد واقعی تم بہادر ہو۔"

چنچل جل پری

چنچل ہرے دانتوں اور سبز بالوں والی ایک شوخ ننھی جل پری تھی ـ وہ نیلی جھیل کے سب سے زیادہ گہرے حصے میں رہتی تھی۔ ایک دن اُس نے دل میں سوچا ـ" میں اپنی روزمرہ کی زندگی سے اُکتا گئی ہوں۔ اب مجھے سیر کے لیے کہیں باہر جانا چاہیے، میں سوکھی زمین پر جاکر دیکھوں گی کہ وہاں لوگ کس طرح رہتے ہیں۔"

اس نے اپنے دل کی بات دوسری جل پری سے کہی جو اس کی خاص سہیلی تھی۔ اُس نے کہا: " خدا کے لیے ایسی غلطی نہ کر بیٹھنا ورنہ تمھیں بعد میں پچھتانا پڑے گا۔"

لیکن چنچل پری نے اُس کی بات ایک کان سے سن کر دوسرے کان سے اُڑا دی۔

اسی وقت قریب کے گانو سے ایک کسان کی لڑکی بالٹی لیے

ہوئے پانی بھرنے آئی۔ بڑی پھرتی سے چنچل تیر کر بالٹی میں آگئی۔ وہ اس وقت ایک پانی کے کیڑے کے بھیس میں تھی۔ یہ بھیس اُس نے لڑکی کی نظروں سے اوجھل رہنے کے لیے اختیار کیا تھا۔ لڑکی بالٹی بھر کر کھیتوں سے گزر کر اپنے گھر جانے لگی تو چنچل نے سوچا: ''اب مجھے اس لڑکی سے کچھ چھیڑ خانی کرنی چاہیے۔'' وہ پانی میں خوب زور سے اچھلنے کودنے لگی۔ بالٹی کا بہت سا پانی چھلک کر لڑکی پر گرا، اور اُس کی قیمتی پوشاک بھیگ گئی۔ جل پری کو بہت مزا آیا۔ کیونکہ اُس کے خیال میں یہ بڑا اچھا کھیل تھا۔

جب لڑکی پانی لے کر گھر پہنچی تو اس کی ماں اُس کے بھیگے کپڑے اور آدھی بالٹی خالی دیکھ کر بہت ناراض ہوئی۔ اور بے چاری لڑکی کے تین چار تمانچے لگاتے ہوئے کہا۔ ''پانی کو کیتلی میں انڈیل کر جلدی سے گرم کرو۔ بہت دیر ہو رہی ہے۔''

چنچل نے کبھی پہلے کیتلی کا نام نہیں سُنا تھا۔ ''آہا — مجھے کیتلی میں اور زیادہ مزا آئے گا۔'' وہ خوشی کے مارے اُچھلنے لگی۔ اور جب لڑکی نے بالٹی سے پانی کیتلی میں انڈیلا تو وہ بھی جلدی سے کود کر کیتلی میں چلی گئی۔

لڑکی نے کیتلی کو انگیٹھی پر رکھا تو چنچل نے پھر اُچھل کود شروع کر دی۔ لیکن اس بار پانی چھلکانے میں اُسے کامیابی حاصل نہ ہوئی کیونکہ کیتلی کا مُنہ ڈھکا ہوا تھا۔ تھوڑی دیر بعد ہی چنچل نے ہنسنا اور اُچھلنا کودنا بند کر دیا کیونکہ اسے گرمی محسوس ہو رہی تھی۔

''یہ چھوٹی سی کوٹھری آہستہ آہستہ گرم ہو رہی ہے۔'' اس نے سوچا۔

جلد ہی کیتلی خوب گرم ہو گئی۔ اور چنچل جلنے لگی وہ اوپر نیچے، اِدھر اُدھر کیتلی کے پانی میں ڈبکیاں کھانے لگی۔ لیکن پانی ہر جگہ گرم تھا۔ اور جب پانی اُبلنے لگا تو اُس سے برداشت نہ ہو سکا۔ ”مدد۔! مدد۔! کوئی مجھے بچاؤ۔!“

”کتنے تعجب کی بات ہے کیتلی میں سے کسی چیز کے بھنبھنانے کی آواز آرہی ہے“ لڑکی نے اپنی ماں سے کہا۔ اتنے میں کیتلی سے پھر ایک چیخ سنائی دی ”ارے میں جلی۔ کوئی مجھے بچاؤ“ اُسی وقت پانی میں اُبال آیا۔ ڈھکن کچھ اوپر کو اُٹھا۔ اور اُنھیں صاف سُنائی دیا ننھی مُنی آواز میں کوئی کہہ رہا تھا۔ ”اب میں شرارت نہیں کروں گی۔ خدا کے لیے مجھے باہر نکال لو“ لڑکی نے کیتلی کو انگیٹھی سے اُتار کر زمین پر رکھ دیا۔ اچانک کیتلی کا ڈھکن اُچھل کر دُور جا گرا اور ایک ہرے دانتوں اور سبز لمبے بالوں والی ننھی لڑکی کُود کر باہر آ گئی۔ اُس کے شانوں پر دو ننھے ننھے پر تھے۔

”ارے یہ تو جل پَری ہے“ ماں نے حیرت سے کہا ”بیچاری بدقسمتی سے پانی کے ساتھ چلی آئی“

چنچل جلدی سے مکان سے نکل کر گاؤں کی گلیوں میں بھاگنے لگی۔ وہ اس وقت تک بے تحاشا بھاگتی رہی جب تک وہ اپنی گہری نیلی جھیل کی تہ میں نہ پہنچ گئی۔

اور پھر چنچل جل پَری نے دوبارہ خشکی پر آنے کی ہمت نہیں کی۔

زرالا گڈّا

"اب تک اس مکان میں جھاڑو نہیں دی گئی ؟" شمیم نے رُعب جمایا۔
"تو بڑی کام چور ہو گئی ہے شہناز"! اور شہناز اپنے پھٹے ہوئے دوپٹے سے گھروندے کو اس طرح تندہی سے صاف کرنے لگی جیسے واقعی وہ اس گھر کی ماما ہو اور شمیم اس کی مالکن۔ لوگ اکثر کہا کرتے ہیں کہ بچوں میں امیر و غریب کی تمیز نہیں ہوتی وہ کھیلتے وقت یہ خیال نہیں کرتے کہ ان کا ساتھی امیر ہے یا غریب۔ لیکن شہناز کو معلوم تھا کہ یہ حقیقت نہیں ہے۔ وہ سمجھتی تھی اگر یہ بات سچ ہوتی تو شمیم اور اس کی امیر سہیلیاں ہمیشہ خود شہزادی بن کر اور مسہری پر لیٹ کر اس سے پیر نہ دبوایا کرتیں۔ کبھی اسے بھی شہزادی بننے کا حق حاصل تھا۔ لیکن اُسے اس حق سے محروم کر دیا گیا تھا۔ کھیلوں میں بھی اسے ماما، چور اور بندر جیسے ہی پارٹ ادا کرنے پڑتے تھے یہ بے انصافی کیوں کی جاتی تھی۔ اس کے ساتھ ؟ کیا صرف اس لیے کہ وہ ایک غریب استانی کی

لڑکی تھی آہ! اس نے سوچا: ”اگر میرے ابا جان کی ٹانگیں فوج میں زخمی نہ ہو جاتیں تو میں بھی شمیم کی طرح مزے کرتی۔ اور بے چاری امی کو اسکول میں دو سو روپے ماہوار کی نوکری نہ کرنی پڑتی“ وہ تقریباً پورے گھروندے کو صاف کر چکی تھی۔ بے خیالی میں اس کا ہاتھ غلط پڑا اور گھروندے کا باورچی خانہ گر گیا۔ ایک دو ہتڑ اس کی پیٹھ پر پڑا ”کمینی“ شمیم چیخی۔ ”ہمارا باورچی خانہ گرا دیا۔ چل نکل یہاں سے، ہمیں تجھ جیسی کام چور ماما کی ضرورت نہیں ہے“ اور پھر اس نے چوٹی پکڑ کر اسے گھروندے کی حد سے باہر نکال دیا۔ وہ چپ چاپ منہ لٹکا کر گلوتیلی کے چبوترے پر بیٹھ گئی اور دیکھتی رہی کہ پروفیسر الطاف حسین کی لڑکی ریحانہ کو بلا کر شمیم اسی کے ساتھ کھیلنے لگی۔ پھر گھر جا کر وہ سوجی گھی شکر اور کئی چھوٹے برتن لے آئی، دونوں نے مل کر ہنڈکلیا پکائی جتنا کھایا گیا کھایا اور باقی اپنے کتے روبی کو بلا کر کھلا دیا۔

اور اس رات ٹوٹے ہوئے پلنگ پر لیٹ کر شہناز کو ہمیشہ کی طرح جلد ہی نیند نہ آئی۔ اس کا ننھا سا دماغ ادھر ادھر چکر کاٹتا رہا۔ اور پھر نہ جانے کب نیند کی دیوی نے اسے اپنی آغوش میں لے لیا۔ شہناز نے خواب میں دیکھا کہ اس کے لنگڑے ابا جان اچھے ہو گئے ہیں۔ وہ بھی شمیم کے ڈیڈی کی طرح کئی ملوں کے مالک ہو گئے ہیں۔ ان کا نام بھی اب صرف صدیق نہیں رہا بلکہ شمیم کے ڈیڈی سر محمد یعقوب کی طرح انھیں بھی سر محمد صدیق کہا جاتا ہے اور پھر اس نے دیکھا کہ اس کے پاس شمیم اور ریحانہ کی طرح بھڑکیلی پوشاکیں، قیمتی جوتے اور بہت اچھے اچھے کھلونے ہیں۔ پھر اس نے اپنے باغ میں جھولا ڈلوایا۔ اسے یوں

محسوس ہوا جیسے وہ خود جھولے پر بیٹھی ہے اور شمیم پیچھے کھڑی ہو کر اسے جھولا جھلا رہی ہے۔ پینگ بڑھتی گئی، بڑھتی ہی گئی اور پھر جھولے کی رسّی ٹوٹ گئی۔ اڑا ڑا دھڑام، وہ ٹوٹی ہوئی پلنگڑی کے نیچے پڑی تھی اور امی جان اس کے اوپر جھکی ہوئی تھیں۔

"کیا ہوا میری بچّی" انھوں نے کہا۔ "کچھ نہیں امی کچھ بھی تو نہیں" وہ اپنے آنسو پی کر بولی۔

اور دوسرے دن صبح وہ دن بھر شمیم کے گھر نہیں گئی۔ شام کو امی اسکول سے آئیں تو دیکھا کہ وہ اب تک منہ لپیٹے بستر پر پڑی تھی۔

"آج ہماری بیٹی کھیلنے نہیں گئی؟" انھوں نے پوچھا۔

"نہیں" ابا جان نے جواب دیا۔ "آج تو صبح سے گھر میں ہے۔"

"جاؤ بیٹی، دن بھر گھر میں گھسے رہنا ٹھیک نہیں۔" انھوں نے اس کے سر پر ہاتھ پھیرتے ہوئے کہا۔ "جا کر کھیل آؤ۔"

وہ باہر آئی تو جیسے شمیم اسی کا انتظار کر رہی تھی۔ "ارے شہناز" وہ گھروندے میں سے چیخی "تم تو جیسے پردے میں ہی بیٹھ گئیں، آؤ کھیلیں۔"

شہناز کا دل باغ باغ ہو گیا۔ لیکن جیسے ہی قریب پہنچی اسے معلوم ہو گیا کہ شمیم اتنی میٹھی میٹھی باتیں کیوں کر رہی تھی۔ چنے کی دال، گھی، شکر اور بہت سا دوسرا سامان چھوٹے چھوٹے برتنوں میں رکھا تھا۔ شہناز چنے کا حلوہ بہت لذیذ بناتی تھی اسی لیے اب اس کا انتظار کیا جا رہا تھا۔

"لو ذرا جلدی سے حلوہ تیار کر ڈالو۔" شمیم نے احکام دینا شروع کر دیے۔

شہناز جلدی جلدی کام کرنے لگی۔ دال بھونی۔ قوام تیار کیا اور پھر تھوڑی دیر بعد چنے کا سوندھا سوندھا لذیذ حلوہ تیار ہو گیا۔ "اچھا اب تم

جا کر ہمارے گھر سے بقچہ اٹھا لاؤ۔" شمیم نے دوسرا حکم دیا اور حلوہ صاف کرنا شروع کر دیا۔ شہناز تیزی سے بھاگی۔ بنگلہ میں جا کر آیا سے بقچہ لیا اور پھر تیزی سے واپس لوٹی، اسے ڈر تھا کہ اس کے پہنچنے سے پہلے حلوہ صاف نہ ہو جائے اور ہوا بھی یہی۔ گھروندے پر پہنچ کر اس نے دیکھا کتا روبی جلدی جلدی حلوہ کھا رہا تھا اور شمیم اور ریحانہ پاس ہی کھڑی تالیاں بجا بجا کر ہنس رہی تھیں! انھوں نے جلدی سے شہناز کے ہاتھ سے گڑیوں کا بقچہ لے لیا اور کہا: "شہناز اب تمھاری چھٹی تمھیں نے تو کل ہمارا گھروندا خراب کر دیا تھا۔" بے چاری شہناز پھر کلو تیلی کے چبوترے پر بیٹھ گئی۔ شمیم نے ایک نیا گڈا بقچے سے نکال کر ریحانہ کو دکھایا: "یہ میرے ڈیڈی ستره روپے کا لائے ہیں دیکھو کتنا اچھا ہے۔ اس بٹن کو دباؤ ذرا۔" ریحانہ نے بٹن دبایا۔ "ارے" وہ خوشی سے اچھلنے لگی۔ شہناز کی آنکھیں پھٹی کی پھٹی رہ گئیں۔ سلولائڈ کا بے جان گڈا جلدی جلدی ہاتھ پیر چلا رہا تھا۔ اس نے پاس جا کر دیکھا گڈا پلکیں بھی جھپکا رہا تھا۔ "شمیم کیا یہ پلکیں بھی جھپکا تا ہے"؟ اس نے بے اختیار ہو کر پوچھا۔ اور جواب میں تڑ تڑ اس کے گال پر دو چپت پڑے۔ "کمینی کو کتنی بار کہا کہ ہمارے ساتھ نہ کھیلا کر۔ چل یہاں سے۔" شمیم نے پھٹکارا

"بے حیا ہے بے حیا" ریحانہ نے نمک چھڑکا۔

"امی شمیم کے پاس بڑا نرالا گڈا ہے۔" وہ آنکھوں میں آنسو بھرے ہوئے کہہ رہی تھی "بڑا ہی نرالا گڈا۔ ہاتھ پیر چلاتا ہے، آنکھیں بھی جھپکتا ہے، مجھے بھی لا دو نا ایسا ہی گڈا۔" وہ امی کے کندھے پر سر رکھ کر سسکنے لگی۔ "اری پگلی، تیرے پاس تو اس سے

بھی اچھا گڈّا ہے"! "کہاں"؟ "وہ دیکھ"! اور اس نے آنکھیں پھاڑکر دیکھا۔ جھولے پر ننھّا اشفاق انگوٹھا منہ میں ڈالے چوس رہا تھا۔ "یہ میرا گڈّا" اس نے لپک کر ننھے کو اٹھالیا۔ اور وہ مسکرانے لگا۔ "امی! میرا گڈّا تو ہنس بھی لیتا ہے کیا شمیم کا گڈّا بھی ہنس سکتا ہے" اور جواب میں امّی اور ابا جان دونوں مسکرا دیے۔ لیکن ساتھ ہی ساتھ نہ جانے کیوں دونوں کی آنکھوں میں آنسو بھی جھلک رہے تھے۔؟

مچھلی کا شکار

کام کرنے والے

اشفاق	ایک شوخ لڑکا
آفاق	اشفاق کا چھوٹا بھائی
شمیم	اشفاق کی چھوٹی بہن
امی جان	
ابا جان	
مچھلی والا	

پہلا سین وقت بارہ بجے دن۔ کھانے کا کمرہ

(برتنوں کی کھڑکھڑاہٹ۔ دستر خوان پر اشفاق۔ شمیم۔ آفاق اور ابا جان بڑے بڑے لقمے اڑا رہے ہیں۔ امی جان پنکھا جھل رہی ہیں)

ابّا جان: (لقمہ چباتے ہوئے) یہ کباب تو بہت ہی مزے دار بنے ہیں۔ وہ پلیٹ اِدھر تو اٹھاؤ شمیم۔!

شمیم: (پلیٹ تھماتے ہوئے) ذرا یہ پلاؤ کی قاب اِدھر سرکا دیجیے۔

اشفاق: امی تھوڑا سالن دیجیے۔ شوربہ کم اور مچھلی کے قتلے زیادہ۔

آفاق: اور مجھے کچھ مرغل چاہیے۔

ابا جان: (انگلیاں چاٹتے ہوئے) شمیم کی امی۔ آج تو تم نے کمال کر دیا۔ (چٹخارہ لے کر) پہلے تو کبھی تم نے اتنی عمدہ مچھلی نہ پکائی تھی۔

امّی: اے واہ۔ تم نے کبھی تازی مچھلیاں بھی لا کر دی تھیں۔ نگوڑی بازار کی باسی مچھلیاں۔ کوئی کتنا ہی سلیقے سے کیوں نہ پکائے، یہ مزہ کہاں؟

ابا جان: تو کیا یہ مچھلیاں بازار کی نہیں۔؟

شمیم: جی نہیں۔ یہ تو اشفاق اور آفاق بھیا پکڑ کر لائے تھے۔

ابا جان: (پورا کباب منہ میں داخل کرنے کی کوشش کرتے ہوئے) ارے کس تالاب میں گئے تھے تم لوگ شکار کھیلنے؟

آفاق: بڑے تالاب میں۔ وہی جو جامع مسجد کے پیچھے ہے۔

اشفاق: (پانی پینے کے لیے گلاس اٹھا کر) بڑا مزہ رہا۔ ایک ہی گھنٹے میں ڈھیر لگ گیا مچھلیوں کا!

ابّا جان: حیرت ہے۔ لوگ تو کہتے ہیں اس تالاب میں مچھلیاں ہوتی ہی نہیں۔

(اشفاق کے ہاتھ سے گلاس چھوٹ کر ٹوٹ جاتا ہے۔ امّی گھور کر

اُسے دیکھتی ہیں)

ابا جان: (مرغل میں سے کانٹے الگ کرتے ہوئے) کوئی بات نہیں۔ کوئی بات نہیں۔ ٹوٹ جانے دو۔

(آفاق سے) تم کچھ پریشان نظر آتے ہو۔؟

آفاق: جی۔ جی کچھ نہیں ذرا کانٹا اٹک گیا تھا حلق میں (برتنوں کی کھڑکھڑاہٹ پر پردہ گرتا ہے۔)

سین دوسرا۔ وقت اُسی روز شام کو

(امی جان آنگن میں بیٹھی چھالیہ کتر رہی ہیں۔ دروازہ کھٹکھٹانے کی آواز)

امی جان: شمیم۔ اری او شمیم۔ کدھر مرگئی یہ لڑکی۔

(شمیم گڑیا لیے ہوئے کمرے سے برآمد ہوتی ہے)

امی جان: تجھے کھیل کے سوا کچھ اور بھی کام ہے۔ جا دیکھ۔ کون ہے دروازے پر۔؟

(شمیم جاتی ہے۔ دروازہ کھلنے کی آواز۔ تھوڑی دیر بعد دوڑتی ہوئی واپس آتی ہے)

شمیم: امی۔ امی . . .

امی: ارے کچھ کہے گی بھی۔ کیا بات ہے؟ کون ہے دروازے پر؟

شمیم: جی. . . . مچھلی . . . مچھلی والا ہے۔ کہتا ہے چھوٹے میاں صبح تین کلو مچھلی لائے تھے اس کے دام دے دو۔

امی جان: اس مچھلی کے دام! کہاں ہے۔ یہ اشفاق اور وہ آفاق کدھر گیا۔ کہتا تھا۔ جامع مسجد کے پیچھے بڑے تالاب سے لایا ہوں۔ واہ رے مچھلی کا شکار۔

دروازہ مسلسل کھٹکھٹایا جا رہا ہے۔ پردہ گرتا ہے۔

حلوہ چور

بھائی جان جب اجمیر سے واپس لوٹے تو ان کا ایک بکس طرح طرح کی مٹھائیوں، چاکلیٹوں اور بسکٹوں سے کھچا کھچ بھرا تھا۔ ان کے آتے ہی سب بچّوں نے انھیں گھیر لیا۔ لیکن بھائی جان بھی ایک ہی کائیاں ہیں۔ حلوہ سوہن کا ایک ٹکڑا ایک پیکٹ بسکٹ، کچھ چاکلیٹ او بس اتنی ہی سی چیزیں نکال کر بچّوں میں تقسیم کر دیں اور پورا کا پورا بکس اٹھا کر اپنے کمرے میں رکھ آئے اور دروازہ بند کر کے تالا لگا دیا۔

"اوہو! یہ چاکلیٹ کتنا مزے دار ہے۔ افسوس صرف دو ہی ملے۔"

"ذرا بسکٹ تو کھا کر دیکھو۔ نہیں، نہیں، میں نہ دوں گا۔ اپنے حصہ سے کھاؤ۔"

"کیوں کیسا ہے ــــ؟"

"چاکلیٹ سے ہزار درجہ اچھا۔ بہت ہی نفیس، بڑا ہی لذیذ!"

"اجی بندر کیا جانے ادرک کی قدر؟ بسکٹ لذیذ ہے! کبھی اتنا اچھا

چاکلیٹ کھایا بھی ہے عمر میں؟"

"تم نے کبھی چکھا ہے اتنا عمدہ بسکٹ؟"

"میں کہتی ہوں چاکلیٹ بسکٹ سے اچھا ہے۔"

"میں پھر کہوں گا کہ بسکٹ کے مقابلہ پر چاکلیٹ کچھ بھی نہیں۔"

دو مختلف پارٹیاں بن گئی تھیں۔ ایک بسکٹ کی حمایتی اور دوسری چاکلیٹ کی طرف دار۔ بحث بڑھتی ہی تھی کہ اشفاق چیخا —

"بھائیو اور بہنو —!"

سب بچے اس کی طرف متوجہ ہو گئے۔

"فیصلہ طلب بات یہ ہے کہ حلوہ سوہن کیسا ہے — ؟" اس نے جملہ پورا کیا۔

آٹھ ہاتھ ایک ساتھ منہ تک گئے اور سب نے اپنے اپنے حصہ کا حلوہ سوہن منہ میں رکھ لیا۔ لیکن حسب دستور اس بار کسی نے بحث نہ کی۔ سب نے فیصلہ صادر کیا کہ حلوہ سوہن بہت ہی نفیس تھا۔ چاکلیٹ اور بسکٹ اس کے سامنے کچھ نہیں۔ ایسا حلوہ اُنھوں نے کبھی نہیں کھایا۔ اور جلد ہی معاملہ سنجیدگی کی حد کو پہنچ گیا — سب نے محسوس کیا کہ ان کا جتنا حق تھا حلوہ اس سے کم ملا۔ سبھی اپنے حق کو حاصل کرنا جانتے تھے اور ان سب نے یہ طے کر لیا کہ وہ اپنا حق حاصل کر کے رہیں گے۔ برگد کے نیچے معاملہ پر بحث کرنے لیے ایک میٹنگ بیٹھی۔

"بھائیو! . . . "

"بہنوں کو کیوں بھولے جاتے ہو"؟

"بھائیو اور بہنو۔ ! گھی سیدھی انگلی سے نکلنے والا نہیں ہے۔"

"گھبراتے کیوں ہو ٹیڑھی انگلی سے نکالا جائے گا۔"

"تو وہ کون بہادر ہے۔ جو آج رات کو سب حلوہ چُرا لائے۔"

چھ ہاتھ ایک ساتھ اٹھے۔ قرعہ اظہر کے نام نکلا۔ اُسے مجلس کے سامنے حلف اٹھانا پڑا۔ اس نے گلی ڈنڈے پر ہاتھ کر قسم کھائی کہ سارا حلوہ وہ اکیلے نہ کھائے گا۔ سب کا حصّہ برابر لگے گا ورنہ مجلس کو حق حاصل ہوگا۔ کہ وہ سارا معاملہ بھائی جان کے کانوں تک پہنچا دے۔ صدر مجلس نے اسے ہوشیاری سے کام کرنے کی ہدایت کی اور مجلس برخاست ہو گئی۔

اظہر نے اپنی گیند لی، چھت پر پہنچا روشن دان کی کھڑکی کھولی۔ یہ روشن دان بھائی جان کے کمرے ہی کا تھا۔ اس کے بس میں ہوتا تو وہ یہیں سے کمرے میں اُتر جاتا لیکن یہ بہت ہی دشوار اور اس کے لیے تو تقریباً ناممکن تھا۔ ایک ٹھنڈی سانس بھر کر اس نے گیند کمرے کے اندر پھینک دی۔ پھر تھوڑی دیر کے بعد کانپنے کی ایکٹنگ کرتا ہوا بھائی جان کے مطالعہ کے کمرے میں داخل ہوا۔

"بھائی جان ــــ!" آواز لرز رہی تھی۔

"کیا ہے ــــ؟" بیزاری کے لہجے میں جواب ملا۔

"میری گیند۔ وہ۔۔۔۔ جی۔ وہ آپ کے کمرے میں چلی گئی۔" سچ مچ ہی اظہر ہکلا رہا تھا۔

"تو پھر ــــ؟" غراتے ہوئے پوچھا گیا۔

"اچھے بھائی جان۔؟ کیا آپ اسے نکال نہ دیں گے"؟ لہجے میں خوشامد، التجا اور انکساری تھی۔

"اچھا چلو —!" پتھر دل پگھل چکا تھا۔
دونوں کمرے میں پہنچے۔ اظہر سوچ رہا تھا۔ اسی کمرے میں وہ صندوق رکھا ہے جس میں حلوہ سوہن ہے کاش بھائی جان ساتھ میں نہ ہوتے۔ اس نے للچائی ہوئی نگاہ بکس کی طرف ڈالی اور پھر کھڑکی سے لگ کر کھڑا ہو گیا۔
"کہاں ہے گیند —"؟
"جی وہ صندوق کے پیچھے —"!
"جاؤ۔ اٹھا لو۔ لیکن ٹھہرو میں خود اٹھاتا ہوں"!
اور جب وہ گیند اٹھانے کے لیے جھکے تو اظہر کھڑکی کی زنجیر کھول چکا تھا۔
"یہ لو گیند۔ خبردار اب چھت پر نہ کھیلنا۔ چلو —"!
"جی شکریہ"!
دونوں باہر نکل آئے دروازے میں پھر تالا ڈال دیا گیا۔
رات کے تین بجے اظہر چپکے سے اٹھا اور شاگرد پیشہ گیلری کی طرف ہو لیا۔ ایک۔ دو تین، سات اور یہ آٹھ۔ اس نے آٹھویں کھڑکی کو دھیرے سے دھکا دیا۔ کھڑکی کھل گئی، وہ بمشکل اس پر چڑھ سکا اور اندر کود گیا، یہ بھائی جان کا کمرہ تھا اس کا دل دھک دھک کرنے لگا۔ اس کی ناک میں سوہن حلوے کی سوندھی خوشبو گھسی جا رہی تھی۔ اور منہ میں پانی بھر آیا تھا۔ دھیرے دھیرے قدم رکھتا، بے آواز چلتا وہ بکس تک پہنچ گیا۔ پھر آہستہ سے صندوق کھولا اور ہاتھ سے ٹٹولا۔ ٹوکری سب سے اوپر رکھی تھی۔ اس نے اسے کھینچ کر نکال لیا۔ صرف وہی

اتنی بھاری تھی کہ کوئی اور چیز نہ لی جا سکتی تھی۔ صندوق کو بند کر کے وہ پھر کھڑکی پر آیا۔ اور نیچے اُتر گیا۔

چاروں طرف اندھیرا تھا۔ اس کے منہ میں پانی بھرا چلا آ رہا تھا۔ بے اختیار اس کا ہاتھ ٹوکری میں گیا۔ لیکن اسے اپنا حلف یاد آ گیا اور اس نے دل پر جبر کر کے اپنا ہاتھ پھر ٹوکری سے نکال لیا گھر کے سامنے برگد کے نیچے ساتوں بچے اس کا انتظار کر رہے تھے۔ وہ جلد ہی ان کے پاس پہنچ گیا۔

"کیوں۔ لے آئے؟"

"یہ رہی میرے پاس"! اس کا سینہ فخر سے پھول گیا۔

صدر نے بڑھ کر حلوے کے گول گول ٹکڑے آٹھوں ممبروں میں ایمان داری سے تقسیم کر دیے۔

"شروع کیجیے۔"

آٹھ بڑے بڑے ٹکڑے ایک ساتھ منہ میں ٹھونس لیے گئے۔ جیسے انھوں نے زہر کھا لیا ہو —!

کسی کڑوی کسیلی سی چیز نے ان کے دماغ صحیح کر دیے۔ اخ تھو — آخ تھو — کی آواز سے برگد پر بیٹھے ہوئے پرندے جاگ اٹھے۔

اور صبح کو بھائی جان نے سب کو بتایا کہ ان کے بند کمرے سے صندوق کے اندر رکھی ہوئی ٹوکری غائب ہو گئی۔ جس میں وہ نوکروں میں بانٹنے کے لیے صابن لائے تھے۔

جنگ نہ ہونے پائے

زرینہ اپنی پوری طاقت سے چیخی —

"امّی —!"

باورچی خانے سے کچھ دیر تک کھٹ پٹ کی آواز آتی رہی اور اتنی دیر تک زرینہ بل کھا کھا کر اور چٹکیاں لے لے کر خالد سے اپنی چوٹی چھڑانے کی ناکام کوشش کرتی رہی۔

"ارے! یہ کیا کر رہے ہو خالد!" —

امّی دروازہ میں کھڑی تھیں۔ اُن کے دونوں ہاتھ آٹے میں لتھڑے ہوئے تھے۔

"اس نے میری تصویر پھاڑ کر پھینک دی ہے" — خالد نے ایک زوردار جھٹکا چوٹی کو دیا۔ اور زرینہ منہ کے بل گرتے گرتے بچی۔

"تم نے بھی تو میری گڑیا کے پلنگ کا پایہ توڑ ڈالا تھا —" زرینہ رُہانسی آواز میں بولی۔ خالد نے ایک اور جھٹکا دیا —

"جھوٹ بولتی ہے — وہ تو بلّی نے گرایا تھا۔"

اب زرینہ نے باقاعدہ رونے کی کوشش کی، امّی سے نہ رہا گیا۔
" پاگل ہوا ہے لڑکے! تیری چھوٹی بہن ہی تو ہے۔ کیا ہوا، اگر تصویر پھٹ بھی گئی ۔"
خالد مچل گیا ۔
" نہیں ۔ نہیں ۔ وہ تصویر میں نے چکن کے تھان سے نکالی تھی ۔ کیوں پھاڑی اس نے ؟"
امّی نے زرینہ کے چہرے کی طرف دیکھا۔ جس نے اپنے چہرے پر بلا کا بھولا پن پیدا کر لیا تھا۔ اُس کی چوٹی اب تک خالد کے قبضے میں تھی۔ مجبوراً امّی کو آٹے میں لتھڑے ہوئے ہاتھوں سے دونوں کو چھڑانا پڑا۔ اور جب وہ دونوں الگ ہوئے تو دونوں کے منہ پھولے ہوئے چہرہ تمتمایا ہوا، آنکھیں سُرخ، بدن پر جگہ جگہ خراشیں اور کپڑوں پر گیلے آٹے کے دھبّے پڑے ہوئے تھے۔
اپنے ساتھ لے جا کر امّی نے دونوں کو نہلایا۔ کپڑے تبدیل کیے۔ اور کھانے کو کچھ پھل دے کر کہا:
" بچّو! اب تم سمجھ دار ہو گئے ہو، لڑنا جھگڑنا چھوڑ دو ۔"
وہ پھر باورچی خانہ میں چلی گئیں کیونکہ گوشت کے جلنے کی بُو آرہی تھی۔ ایک پہر چین سے گزرا۔
باہر برآمدے میں خالد کی چیخ بلند ہوئی ۔
" امّی ۔ !"
اس بار امّی غسل خانے میں تھیں۔ اُن کے آتے آتے اسلم نے خالد کا سر کئی بار دیوار سے ٹکرایا۔

"اُف! اَمّی میں مر گیا" — خالد نے پھر دُہائی دی۔
اَمّی جھپٹ کر تولیے سے سر پونچھتی ہوئی غسل خانے سے باہر نکلیں اور برآمدے میں آئیں۔
"بیٹا اسلم! اب تک تمھیں سمجھ نہیں آئی، اتنے بڑے ہو گئے۔ چھوڑ دو اسے۔"
اسلم پر اس وقت شیطان سوار تھا۔ اُس نے خالد کو پھر دیوار کی طرف دھکا دیا۔
"دو گھنٹے تک میں بالنگ کرتا رہا تو آپ چوّے اور چھکّے اُڑاتا رہا۔ اب میری باری آئی ہے تو جان چُراتا ہے — !"
"کل تم بھی تو میری گولیاں لے کر بھاگ گئے تھے —" خالد نے کہا۔
اسلم نے اس بار دانت جما کر زور لگایا اور دھکا دے کر خالد کا سر دیوار سے ٹکرایا۔
"تم اس طرح نہیں چھوٹ سکتے۔ بالنگ کرو چل کر۔"
خالد دھم سے زمین پر بیٹھ گیا —
"چلو جانے دو، تمھارا چھوٹا بھائی ہے" امی نے اسلم کو سمجھایا۔ اور کچھ بسکٹ کر دونوں میں صلح کرا دی۔ اور خود غسل خانہ میں چلی گئیں — کیوں کہ گرم پانی ٹھنڈا ہوا جا رہا تھا۔
ڈیڑھ گھنٹہ پھر امن و امان سے بیتا۔
"اَمّی — !"
غوری اپنی توتلی آواز سے زینے پر چیخ رہا تھا۔

امّی سوئٹر بن رہی تھیں ان کے زینہ تک پہنچتے پہنچتے زرینہ نے غوری کے کان پانچ چھ بار جھنجوڑ ڈالے۔

"امّی دوڑیے، ! میرے کان اُکھڑ گئے" غوری نے روتے ہوئے آواز لگائی۔ امّی اون کا پلندہ اور بُننے کی تتلیاں لیے ہوئے جھپٹ کر زینہ پر پہنچیں۔

"بتا — میری گڑیاں کہاں چھپائی ہیں۔؟" زرینہ اُس کے

کان کھینچتے ہوئے پوچھ رہی تھی۔

"ہم نہیں بتائیں گے — تم نے ہمارا باجا کیوں دے دیا اپنی سہیلی کو۔" غوری بولا۔ زرینہ دانت پیس کر غرّائی —

"جھوٹا کہیں کا — روشن کو باجا میں نے دیا تھا۔ یا تُو نے خود بدلا تھا اُس کے گھوڑے سے۔"

غوری نے اپنے کان سہلائے اور پھر آنکھیں مَسل کر بولا ــــ
"وہ گھوڑا تو اسی دن ٹوٹ گیا تھا۔ اب واپس۔ ۔ ۔ ۔"
"بتا دو بیٹا۔" اُمّی نے غوری کو پچکار کر کہا۔ "بڑی بہن کو پریشان نہیں کرتے۔"
غوری نے اُمّی کو زرینہ کی طرف داری کرتے دیکھا تو اس کے آنسو نکل پڑے۔
"نہیں پہلے ہمارا باجا لا کر دو روشن سے۔"
زرینہ پھر اس کے کان پکڑنے کے لیے لپکی۔ لیکن اُمّی نے بڑھ کر دونوں کو الگ کر دیا۔
غوری کو کچھ چاکلیٹ دے کر سمجھایا گیا۔ اور نیا باجا منگا کر دینے کا وعدہ کیا گیا، تب اُس نے بتایا کہ گڑیاں اس نے حوض میں ڈال دی ہیں۔ زرینہ بسورتی ہوئی گڑیاں نکالنے گئی۔ اور اُمّی مسکرا کر سوئٹر بننے لگیں۔
شام تک اطمینان رہا ــــ
"اُمّی ــــ!"
اس بار اسلم چیخا تھا۔ راج پاٹ کا کھیل ہو رہا تھا۔ اسلم چاہتا تھا کہ غوری راجا بنے۔ اور زرینہ کہتی تھی کہ یہ حق خالد کا ہے۔ تکرار ہوتے ہوتے لڑائی کی نوبت آ گئی۔ خالد اور زرینہ نے اسلم کو گرا دیا تھا۔ اور اُس پر چڑھے بیٹھے تھے اور غوری کبھی زرینہ کی چوٹی پکڑ کر کھینچتا تھا۔ کبھی خالد کی ٹانگ، کہ اتنے میں خالد نے اسلم کا گال نوچ لیا۔ اور اُس کی چیخ نکل گئی ــــ
لیکن اُمّی اس وقت گھر میں کہاں تھیں، جو آ کر چھڑاتیں۔ وہ تو اپنی سہیلی کے گھر گئی ہوئی تھیں۔ نتیجہ یہ ہوا کہ وہ چاروں آدھ گھنٹے تک

لڑتے رہے سب کی دُرگت بن گئی۔ کپڑے چیتھڑے ہو گئے۔ جسموں پر خراشیں پڑ گئیں۔ ہاتھوں اور پیروں پر دانت کاٹے کے نشان بن گئے۔ اور چہرے لال بھبھوکا ہو گئے۔ جیسے پکے ہوئے ٹماٹر ــــ!

اور تبھی ڈیڈی آفس سے آ گئے۔

انھوں نے دیکھا، چاروں بچے گتھے ہوئے زمین پر لڑھک رہے ہیں ــــ

"اچھا تو یہ ہے اسلم کا پیر ــ" ایک چھڑی

"یہ رہا خالد کا سر ــــ" ایک تھپڑ

"زرینہ کی پیٹھ یہ ہے ــــــ" ایک گھونسہ

غوری کا گال یہ ہے ــ ایک چپت

چاروں تھر تھر کانپتے ہوئے کھڑے ہو گئے۔

ڈیڈی نے ڈانٹ کر پوچھا ــــ

"یہ کیا ہو رہا تھا ــــ؟"

"جی ہم لوگ لڑائی کا کھیل رہے تھے"۔

چاروں نے ایک ہی بہانہ بنایا۔

"اچھا تو یہ لڑائی بند کرو۔ اور دوسرا کوئی اور کھیل کھیلو ــ" ڈیڈی نے مسکرا کر کہا۔

اور جب امّی بازار سے لوٹیں تو بچے جھنڈا لیے ہوئے اُچھل رہے تھے۔ کمرے سے سُریلی آوازیں اور تانیں بلند ہو رہی تھیں ــ

"جنگ نہ ہونے پائے

ساتھی

جنگ نہ ہونے پائے"

سائکل ریس

پرویز نے لاوڈ اسپیکر پر اعلان سُنا۔

"ریس میں حصہ لینے والے سب لڑکے اسٹینڈ پر آجائیں.... ریس میں حصہ لینے.... "بچوں کے کلب کے سکریٹری مظہرالدین صاحب مائیکروفون پر بول رہے تھے۔ کھیل کے سالانہ مقابلے جاری تھے۔

پرویز نے ذرا مایوسی کے ساتھ اپنی پُرانی سائکل کو اسٹینڈ کی طرف دھکیلا۔ مقابلے میں حصہ لینے والے سب ہی لڑکوں کے پاس نئی سائکلیں تھیں لیکن پرویز کی سائکل سب سے ردّی تھی۔

اُسے یہ مقابلہ جیتنے کے لیے اپنی پوری طاقت خرچ کردینی تھی۔ کیونکہ اول آنے والے لڑکے کے لیے انعام میں ایک پارکر فاؤنٹین پن رکھا گیا تھا جو پرویز کی سب سے بڑی خواہش تھی۔ بچّوں کے کلب کی طرف سے ہر سال پارک میں کھیلوں کے مقابلے ہوا کرتے تھے۔ اور سائکل کی ریس ان سب میں زیادہ دل چسپ سمجھی جاتی تھی۔ دُور

دور سے لوگ اُسے دیکھنے کے لیے آتے تھے۔

منظہر صاحب اب تک لاوڈ اسپیکر سے اعلان کر رہے تھے۔ پرویز جلدی سے سائکل دھکیل کر اسٹینڈ کے سامنے لائن پر کھڑا ہو گیا جہاں اُس کے دوسرے ساتھی ریس شروع ہونے کے 'سگنل' کا انتظار کر رہے تھے۔

"اس سال ہم نے دوڑ کا طریقہ تبدیل کر دیا ہے۔" سکریٹری نے کہا۔ "ہر لڑکے کا، جو اس دوڑ میں حصہ لے رہا ہے، ایک نمبر مقرر کر دیا جائے گا اور لڑکوں کو پانچ پانچ منٹ کے بعد دوڑایا جائے گا۔ اس طرح جو لڑکا...."

ہجوم کے شور وغل کے درمیان پرویز نے کھیل کے قانون غور سے سُنے۔

پچھلے سالوں کی بہ نسبت ریس کا فاصلہ اس سال سے زیادہ کر دیا گیا تھا اور قانون بدل دیے گئے تھے۔ پہلے ریس شہر کی چوڑی سڑک پر ہوتی تھی جو محض ایک میل لمبی تھی۔ اور سب لوگوں کو ایک ساتھ چھوڑا جاتا تھا۔ لیکن اس بار ریس کا مقام شہر سے باہر ایک دائرے میں طے کیا گیا تھا جس کا فاصلہ پانچ میل تھا اور ساتھ ہی ساتھ ہر لڑکے کو پانچ منٹ کے وقفے کے بعد دوڑانا طے ہوا تھا۔

"ہمیں خوشی اور فخر ہے" منظہر صاحب کی آواز اسے سنائی دی۔ "کہ اس مرتبہ ریس کا فیصلہ سائکل کے مشہور چمپین سلطان احمد کریں گے۔"

ریس میں حصہ لینے والے ہر لڑکے کو نمبر دینے کی ایک پٹی دے دی

گئی۔ پرویز کا نمبر سات تھا آخر کار سب تیار ہو گئے۔

"دھائیں"۔۔۔ روانگی کی بندوق چھوٹی۔

لوگوں کے ہجوم سے بڑی زور کا شور ہوا۔ ٹائروں کے سرسرانے کی آواز سنائی دی اور پہلا لڑکا سائکل پر سوار تیزی سے پیڈل مارتا ہوا جاتا دکھائی دیا۔ داہنی طرف میز پر بیٹھے ہوئے کلرک نے ڈائری میں وقت لکھ لیا۔

پانچ منٹ کے بعد دوسرا سائکل سوار روانہ ہوا۔ پرویز ہر منٹ کے بعد زیادہ بے چین ہوتا جارہا تھا۔ جس وقت چوتھا لڑکا روانہ ہوا ٹھیک اس سے کچھ پہلے پہلا لڑکا ہانپتا کانپتا واپس آگیا تھا، اُس نے اپنا چکر پورا کرلیا تھا۔ کلرک نے گھڑی دیکھ کر اُس کی واپسی کا وقت بھی نوٹ کرلیا۔ لوگوں کی دل چسپی اور بے چینی بڑھتی جارہی تھی۔ پرویز نے اپنے اوپر قابو پانے کی کوشش کی۔ اس کا دل زور زور سے دھڑک رہا تھا۔ اُس کی باری بالکل قریب آگئی تھی۔

اچانک اُس کا رنگ پیلا پڑگیا اور وہ کانپنے لگا۔ بچوں کے کلب کے نگراں مجید صاحب وہیں قریب کھڑے تھے۔ انھوں نے پرویز کی یہ حالت دیکھی تو پوچھا:

"کیوں بیٹا۔۔۔؟ کیا بات ہے؟ طبیعت ٹھیک ہے نا۔۔۔؟"

"جی ہاں۔۔۔" پرویز بھرّائی ہوئی آواز میں بولا۔ "لیکن ذرا اسے دیکھیے۔۔۔!" مجید صاحب نے اُس کی اُٹھی ہوئی انگلی کی طرف دیکھا۔ سائکل کے اگلے پہیے میں ہوا بالکل نہیں تھی۔ انھوں نے ہمدردی سے پرویز کی طرف دیکھا۔

"سچ سچ —" وہ بولے —"اس کا مطلب ہے تم ریس میں حصہ نہ لے سکو گے۔"

"جی نہیں۔۔۔۔" پرویز نے جلدی سے کہا —"پانچواں لڑکا اب روانہ ہو رہا ہے۔۔۔ یعنی مجھے پندرہ ارے نہیں دس منٹ کی مہلت ہے۔"

وہ جلدی سے پلٹا اور قریب ہی کھڑے ہوئے ایک لڑکے سے جس کی سائیکل میں پمپ لگا ہوا تھا، کچھ کہنے ہی جا رہا تھا کہ وہ لڑکا خود ہی پمپ نکال کر اُسے دینے لگا —

"ہوا بھر کر دیکھو — پنکچر نہ ہو تو اچھا ہے۔" لائن سے ہٹ کر اس نے جلدی جلدی ٹیوب میں ہوا بھری اور پھر یہ سوچ کر کہ کہیں راستے میں ہوا پھر نکل گئی تو کیا ہوگا؛ اس نے لڑکے سے کہا —

"بھیّا! اگر تم یہ پمپ ریس میں ساتھ لے جانے کی اجازت دو تو بڑی مہربانی ہوگی —"

"ہاں — ہاں۔ شوق سے لے جاؤ —" اُس نے خوشی سے اجازت دے دی۔

"نمبر سات کہاں ہے!" لوگوں نے لاؤڈ اسپیکر پر آواز سُنی۔

"جی ہاں —" وہ میدان کے باہر سے چیخا —" میں پرویز احمد نمبر سات۔ آ رہا ہوں —" لیکن وہ ابھی اپنی جگہ سے دور ہی تھا کہ روانگی کی بندوق چھوٹی۔ وہ تیزی سے لپکا۔ اور ججوں کے قریب سے گزرتے ہوئے بولا:

"مجھے دیر ہو گئی ہے جناب — پھر بھی دوڑ میں شریک سمجھیے۔"

پرویز کو اچھی طرح معلوم تھا اُس کے روانہ ہونے کا وقت دہی لکھا گیا ہے۔ جب بندوق چھوٹی تھی حالانکہ وہ اس کے کئی سیکنڈ بعد سائکل پر بیٹھ پایا تھا۔ جب وہ لائن پر پہنچا تھا تو دس سیکنڈ گزر چکے تھے۔ ویسے تو یہ وقت بہت کم ہے۔ لیکن کسی دوڑ میں اتنی ہی دیر پہلے یا بعد میں پہنچنے سے ہی بہت اثر پڑتا ہے۔ اُس نے کچکچا کر اپنے دانت بند کر لیے اور ہینڈل پر جھک گیا۔

تیزی سے پیڈل مارتے ہوئے پرویز نے حالات پر نظر ڈالی۔ اُسے تمام لڑکوں سے تیز رفتاری میں مقابلہ کرنا تھا۔ جب کہ وہ دیر سے دوڑا تھا اور اس کی سائکل کے ایک پہیے کی ہوا دھیرے دھیرے نکل رہی تھی۔ وہ شروع ہی سے اپنی پوری طاقت سے پیڈل مارنے لگا تھا جبکہ عام طور پر اتنی طاقت آخری لمحوں میں لگائی جاتی ہے۔ اُسے معلوم تھا کہ پہلے ہی اُسے دیر ہو چکی ہے اور اب اسے اپنی تمام کوشش سائکل تیز چلانے میں لگا دینی ہے۔

تھوڑی دیر بعد ہی اس کے ہاتھ کے انگوٹھے درد کرنے لگے جن سے اُس نے پمپ کو ہینڈل کے ساتھ دبا رکھا تھا۔ گو کہ وہ زیادہ بھاری نہیں تھا پھر بھی اُسے لٹکائے رکھنے میں دِقت ہو رہی تھی۔

"چلتے رہو بیٹے! ہمت نہ ہارو ــ" اُس نے اپنے آپ سے اس طرح کہا جیسے گھوڑ دوڑ میں کوئی جاکی اپنے گھوڑے کو پچکار رہا ہو۔ اور اُسی وقت اُس نے خیال کی دنیا میں دیکھا کہ 'پارکر' قلم اُسے انعام میں دیا جا رہا ہے اُس کے ہونٹوں پر مسکراہٹ کھِل اُٹھی اور طاقت لگا کر اُس نے اسپیڈ کچھ اور تیز کرلی۔

تین میل کے موڑ پر پہنچ کر وہ کچھ جھجکا۔ وہاں سے ایک پتلی سی سڑک اُسی طرف جاتی تھی۔ جہاں پلٹ کر اُسے جانا تھا۔ اس پتلی سڑک پر جانے سے تقریباً دو میل کا چکر بچ جاتا تھا۔ لیکن قانون کے مطابق ان لوگوں کو صرف اُس چوڑی سڑک پر ہی سفر کرنا تھا۔ ایک بار تو اُس کا دل چاہا کہ اُسی پتلی سڑک پر ہو لے۔ اِس طرح اُس وقت کی تلافی ہوسکتی تھی جو اُسے دیر ہو جانے کی وجہ سے بڑھ گیا تھا۔ لیکن پھر اُس کے اندر ایمان داری جاگی۔

"نہیں ـــ مجھے کھیل کے قانون پر عمل کرنا ہے۔" کہہ کر وہ چوڑی سڑک پر بڑھ گیا۔ جب وہ کچھ آگے چل کر سڑک کے ساتھ ساتھ گھوما تو اگلا پہیا کھڑ کھڑانے لگا۔ اُس نے خدا کا شکر ادا کیا کہ پمپ موجود تھا۔ جلدی سے اُتر کر اُس نے تیزی سے پہیے میں ہوا بھرنی شروع کی۔ اس کام میں جلدی کرنے پر بھی اُسے تیس چالیس سیکنڈ لگ گئے۔ اور جب ٹائر سخت ہوا تو اُس کا سانس دھونکنی کی طرح چل رہا تھا۔ ہاتھوں میں سخت درد تھا۔ قمیص پسینے سے تر ہو گئی تھی اور شانے پتھر کی طرح سخت ہو گئے تھے

ہمت باندھ کر وہ پھر اُچک کر سیٹ پر آ گیا۔ اور پیڈل مارنے لگا۔ اسٹینڈ اب زیادہ دور نہیں تھا۔ اُسے اندازہ نہیں تھا کہ کتنا وقت لگ گیا ہے۔ بس اتنا اطمینان اُس کے دل کو تھا کہ اُس نے کوئی کوشش اُٹھا نہیں رکھی۔ تماشائیوں کے قریب سے تیزی سے گزرتے ہوئے وہ لائن پر پہنچ گیا۔ اور اُتر گیا۔ اپنے بارے میں اتنا یقین پرویز کو ضرور تھا کہ وہ دوڑ ہار چکا ہے۔ اپنے دوسرے

ساتھیوں کی نگاہیں پرویز کو اپنا مضحکہ اُڑاتی ہوئی محسوس ہوئیں۔
آخر کار دوڑنے والوں کا نتیجہ لاؤڈ اسپیکر پر سنایا گیا — "سوار نمبر ایک" — مظہر الدین صاحب بولے۔ "گیارہ منٹ بیس سیکنڈ" — سوار نمبر دو — گیارہ منٹ چار سیکنڈ —" اور اسی طرح وہ تمام لڑکوں کی فہرست سناتے چلے گئے۔ اور آخر کار دھڑکتے ہوئے دل کے ساتھ پرویز نے اپنا نمبر سنا۔ نمبر سات پندرہ منٹ چالیس سیکنڈ۔ کئی لوگ کھلکھلا کر ہنس پڑے اس نے شرم کے مارے اپنی گردن جھکالی۔ اس کی آنکھوں میں آنسوؤں کے قطرے چمکنے لگے۔ اوسط وقت سے بھی تین منٹ لیٹ ہو گیا تھا وہ —
اور جب اول آنے کا نام پکارا گیا تو اُسے یقین نہ آیا۔ شاید اس کے کان دھوکا دے رہے تھے۔ بچوں کے کلب کے سیکریٹری مظہر الدین صاحب اعلان کر رہے تھے —
"جی ہاں — نمبر سات ہی جیتا ہے — خاموش رہیے — شور نہ کیجیے آپ لوگ!"
تمام لوگ اُس کی طرف اشارہ کر رہے ہیں۔ یہ دیکھ کر پرویز کو یقین کرنا ہی پڑا۔ لوگ حیران تھے کہ یہ کیا معاملہ ہے؟ — مظہر الدین صاحب نے سمجھایا۔
"پرویز ہی اوّل آیا ہے — سلطان احمد صاحب جو سائکل کے مانے ہوئے چیمپین ہیں ایک دن پہلے اپنی پوری طاقت سے اس سڑک پر سائکل چلا چکے ہیں۔ انھیں چودہ منٹ لگے تھے۔ اس شہر کے بچے کیا سائکل چیمپین سے تیز چلا سکتے ہیں؟ — سب لڑکے تیرہ منٹ سے پہلے ہی آ گئے۔ صرف پرویز دیر سے آیا ہے۔ پرویز کے

علاوہ باقی سب لڑکوں نے کھیل کے قانون کو توڑ کر بے ایمانی کی ہے۔"

اب پرویز کو وہ پتلی سڑک یاد آئی۔ جس سے دو میل کا چکر بچتا تھا۔ پرویز جو غلطی کرتے کرتے بچا تھا۔ وہی غلطی سب لڑکوں نے کی تھی۔

سائکل چیمپین سلطان احمد نے کھڑے ہو کر مائیکرو فون پر کہا —

" کامیابی تک پہنچنے کے لیے بہت سے راستے ہیں۔ لیکن سب سے چھوٹا راستہ ایمان داری، سچائی اور دلی لگن کا ہے —"

اور سب لوگوں نے تعریف کی نگاہوں سے پرویز کی طرف دیکھا۔ جو "پارکر" فاؤنٹن پین انعام میں لینے کے لیے پلیٹ فارم کی طرف جا رہا تھا۔

(مرکزی خیال انگریزی سے)

بچوں کے لیے دلچسپ کہانیاں

سات کہانیاں

مصنف: یوسف ناظم

بین الاقوامی ایڈیشن شائع ہو چکا ہے